Heinrich Heine

Aus den Memoiren des Herren von Schnabelewopski

Heinrich Heine: Aus den Memoiren des Herren von Schnabelewopski

Entstanden Mitte der 20er Jahre und 1831, Erstdruck in: Der Salon, Bd. 1, Hamburg (Hoffmann und Campe) 1834.

Neuausgabe mit einer Biographie des Autors
Herausgegeben von Karl-Maria Guth
Berlin 2017

Der Text dieser Ausgabe folgt:
Heinrich Heine: Werke und Briefe in zehn Bänden. Herausgegeben von Hans Kaufmann, 2. Auflage, Berlin und Weimar: Aufbau, 1972.

Die Paginierung obiger Ausgabe wird hier als Marginalie zeilengenau mitgeführt.

Umschlaggestaltung von Thomas Schultz-Overhage unter Verwendung des Bildes: Pierre Auguste Renoir, Junger Mann im Wald, 1886

Gesetzt aus der Minion Pro, 11 pt

Verlag: Henricus - Edition Deutsche Klassik GmbH
Mörchinger Str. 33, 14169 Berlin, info@henricus-verlag.de
Druck: Libri Plureos GmbH, Friedensallee 273, 22763 Hamburg

Die Ausgaben der Sammlung Hofenberg basieren auf zuverlässigen Textgrundlagen. Die Seitenkonkordanz zu anerkannten Studienausgaben machen Hofenbergtexte auch in wissenschaftlichem Zusammenhang zitierfähig.

ISBN 978-3-7437-0730-6

Bibliografische Information der Deutschen Nationalbibliothek

Die Deutsche Nationalbibliothek verzeichnet diese Publikation in der Deutschen Nationalbibliografie; detaillierte bibliografische Daten sind im Internet über www.dnb.de abrufbar.

Kapitel I

Mein Vater hieß Schnabelewopski; meine Mutter hieß Schnabelewopska; als beider ehelicher Sohn wurde ich geboren den ersten April 1795 zu Schnabelewops. Meine Großtante, die alte Frau von Pipitzka, pflegte meine erste Kindheit und erzählte mir viele schöne Märchen und sang mich oft in den Schlaf mit einem Liede, dessen Worte und Melodie meinem Gedächtnisse entfallen. Ich vergesse aber nie die geheimnisvolle Art, wie sie mit dem zitternden Kopfe nickte, wenn sie es sang, und wie wehmütig ihr großer einziger Zahn, der Einsiedler ihres Mundes, alsdann zum Vorschein kam. Auch erinnere ich mich noch manchmal des Papagois, über dessen Tod sie so bitterlich weinte. Die alte Großtante ist jetzt ebenfalls tot, und ich bin in der ganzen weiten Welt wohl der einzige Mensch, der an ihren lieben Papagoi noch denkt. Unsere Katze hieß Mimi, und unser Hund hieß Joli. Er hatte viel Menschenkenntnis und ging mir immer aus dem Wege, wenn ich zur Peitsche griff. Eines Morgens sagte unser Bedienter, der Hund trage den Schwanz etwas eingekniffen zwischen den Beinen und lasse die Zunge länger als gewöhnlich hervorhängen; und der arme Joli wurde, nebst einigen Steinen, die man ihm an den Hals festband, ins Wasser geworfen. Bei dieser Gelegenheit ertrank er. Unser Bedienter hieß Prrschtzztwitsch. Man muß dabei niesen, wenn man diesen Namen ganz richtig aussprechen will. Unsere Magd hieß Swurtszska, welches im Deutschen etwas rauh, im Polnischen aber äußerst melodisch klingt. Es war eine dicke, untersetzte Person mit weißen Haaren und blonden Zähnen. Außerdem liefen noch zwei schöne schwarze Augen im Hause herum, welche man Seraphine nannte. Es war mein schönes herzliebes Mühmelein, und wir spielten zusammen im Garten und belauschten die Haushaltung der Ameisen und haschten Schmetterlinge und pflanzten Blumen. Sie lachte einst wie toll, als ich meine kleinen Strümpfchen in die Erde pflanzte, in der Meinung, daß ein paar große Hosen für meinen Vater daraus hervorwachsen würden.

    Mein Vater war die gütigste Seele von der Welt und war lange Zeit ein wunderschöner Mann; der Kopf gepudert, hinten ein niedlich geflochtenes Zöpfchen, das nicht herabhing, sondern mit einem

Kämmchen von Schildkröte auf dem Scheitel befestigt war. Seine Hände waren blendend weiß, und ich küßte sie oft. Es ist mir, als röche ich noch ihren süßen Duft und er dränge mir stechend ins Auge. Ich habe meinen Vater sehr geliebt; denn ich habe nie daran gedacht, daß er sterben könne.

Mein Großvater väterlicher Seite war der alte Herr von Schnabelewopski; ich weiß gar nichts von ihm, außer daß er ein Mensch und daß mein Vater sein Sohn war. Mein Großvater mütterlicher Seite war der alte Herr von Wlrssrnski, und er ist abgemalt in einem scharlachroten Sammetrock und einem langen Degen, und meine Mutter erzählte mir oft, daß er einen Freund hatte, der einen grünseidenen Rock, rosaseidne Hosen und weißseidne Strümpfe trug und wütend den kleinen Chapeaubas hin und her schwenkte, wenn er vom König von Preußen sprach.

Meine Mutter, Frau von Schnabelewopska, gab mir, als ich heranwuchs, eine gute Erziehung. Sie hatte viel gelesen; als sie mit mir schwanger ging, las sie fast ausschließlich den Plutarch und hat sich vielleicht an einem von dessen großen Männern versehen; wahrscheinlich an einem von den Gracchen. Daher meine mystische Sehnsucht, das agrarische Gesetz in moderner Form zu verwirklichen. Mein Freiheits- und Gleichheitssinn ist vielleicht solcher mütterlicher Vorlektüre beizumessen. Hätte meine Mutter damals das Leben des Cartouche gelesen, so wäre ich vielleicht ein großer Bankier geworden. Wie oft, als Knabe, versäumte ich die Schule, um auf den schönen Wiesen von Schnabelewops einsam darüber nachzudenken, wie man die ganze Menschheit beglücken könnte. Man hat mich deshalb oft einen Müßiggänger gescholten und als solchen bestraft; und für meine Weltbeglückungsgedanken mußte ich schon damals viel Leid und Not erdulden. Die Gegend um Schnabelewops ist übrigens sehr schön, es fließt dort ein Flüßchen, worin man des Sommers sehr angenehm badet, auch gibt es allerliebste Vogelnester in den Gehölzen des Ufers. Das alte Gnesen, die ehemalige Hauptstadt von Polen, ist nur drei Meilen davon entfernt. Dort im Dom ist der heilige Adalbert begraben. Dort steht ein silberner Sarkophag, und darauf liegt sein eignes Konterfei in Lebensgröße, mit Bischofmütze und Krummstab, die Hände fromm gefaltet, und alles von gegossenem Silber. Wie oft muß ich deiner gedenken, du silberner Heiliger! Ach, wie oft schleichen meine

Gedanken nach Polen zurück, und ich stehe wieder in dem Dome von Gnesen, an den Pfeiler gelehnt, bei dem Grabmal Adalberts! Dann rauscht auch wieder die Orgel, als probiere der Organist ein Stück aus Allegris »Miserere«; in einer fernen Kapelle wird eine Messe gemurmelt; die letzten Sonnenlichter fallen durch die bunten Fensterscheiben; die Kirche ist leer; nur vor dem silbernen Grabmal des Heiligen liegt eine betende Gestalt, ein wunderholdes Frauenbild, das mir einen raschen Seitenblick zuwirft, aber ebenso rasch sich wieder gegen den Heiligen wendet und mit ihren sehnsüchtig schlauen Lippen die Worte flüstert: »Ich bete dich an!«

In demselben Augenblick, als ich diese Worte hörte, klingelte in der Ferne der Mesner, die Orgel rauschte mit schwellendem Ungestüm, das holde Frauenbild erhob sich von den Stufen des Grabmals, warf ihren weißen Schleier über das errötende Antlitz und verließ den Dom.

»Ich bete dich an!« Galten diese Worte mir oder dem silbernen Adalbert? Gegen diesen hatte sie sich gewendet, aber nur mit dem Antlitz. Was bedeutete jener Seitenblick, den sie mir vorher zugeworfen und dessen Strahlen sich über meine Seele ergossen, gleich einem langen Lichtstreif, den der Mond über das nächtliche Meer dahingießt, wenn er aus dem Wolkendunkel hervortritt und sich schnell wieder dahinter verbirgt. In meiner Seele, die ebenso düster wie das Meer, weckte jener Lichtstreif alle die Ungetüme, die im tiefen Grunde schliefen, und die tollsten Haifische und Schwertfische der Leidenschaft schossen plötzlich empor und tummelten sich und bissen sich vor Wonne in den Schwänzen, und dabei brauste und kreischte immer gewaltiger die Orgel, wie Sturmgetöse auf der Nordsee.

Den anderen Tag verließ ich Polen.

Kapitel II

Meine Mutter packte selbst meinen Koffer; mit jedem Hemde hat sie auch eine gute Lehre hineingepackt. Die Wäscherinnen haben mir späterhin alle diese Hemde mitsamt den guten Lehren vertauscht. Mein Vater war tief bewegt; und er gab mir einen langen Zettel, worin er artikelweis aufgeschrieben, wie ich mich in dieser Welt zu verhalten habe. Der erste Artikel lautete: daß ich jeden Dukaten zehnmal herumdrehen solle, ehe ich ihn ausgäbe. Das befolgte ich auch im Anfang; nachher wurde mir das beständige Herumdrehen viel zu mühsam. Mit jenem Zettel überreichte mir mein Vater auch die dazugehörigen Dukaten. Dann nahm er eine Schere, schnitt damit das Zöpfchen von seinem lieben Haupte und gab mir das Zöpfchen zum Andenken. Ich besitze es noch und weine immer, wenn ich die gepuderten feinen Härchen betrachte – –

Die Nacht vor meiner Abreise hatte ich folgenden Traum:

Ich ging einsam spazieren in einer heiter schönen Gegend am Meer. Es war Mittag, und die Sonne schien auf das Wasser, daß es wie lauter Diamanten funkelte. Hie und da am Gestade erhob sich eine große Aloe, die sehnsüchtig ihre grünen Arme nach dem sonnigen Himmel emporstreckte. Dort stand auch eine Trauerweide mit lang herabhängenden Tressen, die sich jedesmal emporhoben, wenn die Wellen heranspielten, so daß sie alsdann wie eine junge Nixe aussah, die ihre grünen Locken in die Höhe hebt, um besser hören zu können, was die verliebten Luftgeister ihr ins Ohr flüstern. In der Tat, das klang manchmal wie Seufzer und zärtliches Gekose. Das Meer erstrahlte immer blühender und lieblicher, immer wohllautender rauschten die Wellen, und auf den rauschenden glänzenden Wellen schritt einher der silberne Adalbert, ganz wie ich ihn im Gnesener Dome gesehen, den silbernen Krummstab in der silbernen Hand, die silberne Bischofmütze auf dem silbernen Haupte, und er winkte mir mit der Hand, und er nickte mir mit dem Haupte, und endlich, als er mir gegenüberstand, rief er mir zu mit unheimlicher Silberstimme: – – –

Ja, die Worte habe ich wegen des Wellengeräusches nicht hören können. Ich glaube aber, mein silberner Nebenbuhler hat mich verhöhnt. Denn ich stand noch lange am Strande und weinte, bis die Abenddämmerung heranbrach und Himmel und Meer trübe und blaß wurden und traurig über alle Maßen. Es stieg die Flut. Aloe und Weide krachten und wurden fortgeschwemmt von den Wogen, die manchmal hastig zurückliefen und desto ungestümer wieder heranschwollen, tosend, schaurig, in schaumweißen Halbkreisen. Dann aber auch hörte ich ein taktförmiges Geräusch, wie Ruderschlag, und endlich sah ich einen Kahn mit der Brandung herantreiben. Vier weiße Gestalten, fahle Totengesichter, eingehüllt in Leichentüchern, saßen darin und ruderten mit Anstrengung. In der Mitte des Kahnes stand ein blasses, aber unendlich schönes Frauenbild, unendlich zart, wie geformt aus Lilienduft – und sie sprang ans Ufer. Der Kahn mit seinen gespenstischen Ruderknechten schoß pfeilschnell wieder zurück ins hohe Meer, und in meinen Armen lag Panna Jadviga und weinte und lachte: »Ich bete dich an.«

Kapitel III

Mein erster Ausflug, als ich Schnabelewops verließ, war nach Deutschland, und zwar nach Hamburg, wo ich sechs Monat blieb, statt gleich nach Leiden zu reisen und mich dort, nach dem Wunsche meiner Eltern, dem Studium der Gottesgelahrtheit zu ergeben. Ich muß gestehen, daß ich während jenes Semesters mich mehr mit weltlichen Dingen abgab als mit göttlichen.

Die Stadt Hamburg ist eine gute Stadt; lauter solide Häuser. Hier herrscht nicht der schändliche Macbeth, sondern hier herrscht Banko. Der Geist Bankos herrscht überall in diesem kleinen Freistaate, dessen sichtbares Oberhaupt ein hoch- und wohlweiser Senat. In der Tat, es ist ein Freistaat, und hier findet man die größte politische Freiheit. Die Bürger können hier tun, was sie wollen, und der hoch- und wohlweise Senat kann hier ebenfalls tun, was er will; jeder ist hier freier Herr seiner Handlungen. Es ist eine Republik. Hätte Lafayette nicht das Glück gehabt, den Ludwig Philipp zu finden, so würde er gewiß seinen Franzosen die hamburgischen Senatoren und Oberalten empfohlen haben. Hamburg ist die beste Republik. Seine Sitten sind englisch, und sein Essen ist himmlisch. Wahrlich, es gibt Gerichte zwischen den Wandrahmen und dem Dreckwall, wovon unsere Philosophen keine Ahnung haben. Die Hamburger sind gute Leute und essen gut. Über Religion, Politik und Wissenschaft sind ihre respektiven Meinungen sehr verschieden, aber in betreff des Essens herrscht das schönste Einverständnis. Mögen die christlichen Theologen dort noch so sehr streiten über die Bedeutung des Abendmahls; über die Bedeutung des Mittagmahls sind sie ganz einig. Mag es unter den Juden dort eine Partei geben, die das Tischgebet auf deutsch spricht, während eine andere es auf hebräisch absingt; beide Parteien essen und essen gut und wissen das Essen gleich richtig zu beurteilen. Die Advokaten, die Bratenwender der Gesetze, die so lange die Gesetze wenden und anwenden, bis ein Braten für sie dabei abfällt, diese mögen noch so sehr streiten, ob die Gerichte öffentlich sein sollen oder nicht; darüber sind sie einig, daß alle Gerichte gut sein müssen, und jeder von ihnen hat sein Leibgericht. Das Militär denkt gewiß ganz tapfer spartanisch, aber von der schwarzen Suppe will es doch nichts wissen. Die Ärzte, die in der Behandlung der Krankheiten so sehr uneinig sind und die dortige Nationalkrankheit (nämlich Magenbeschwerden) als Brownianer durch noch größere Portionen Rauchfleisch oder als Homöopathen durch 1/10000 Tropfen Absinth in einer großen Kumpe Mockturtle-suppe zu kurieren pflegen, diese Ärzte sind ganz einig, wenn von dem Geschmacke der Suppe und des Rauchfleisches selbst die Rede ist. Hamburg ist die Vaterstadt des letztern, des Rauchfleisches, und rühmt sich dessen, wie Mainz sich seines Johann Fausts und Eisleben sich seines Luthers zu rühmen pflegt. Aber was bedeutet die Buchdruckerei und die Reformation in Vergleichung mit Rauchfleisch? Ob beide ersteren genutzt oder geschadet, darüber streiten zwei Parteien in Deutschland; aber sogar unsere eifrigsten Jesuiten sind eingeständig, daß das Rauchfleisch eine gute, für den Menschen heilsame Erfindung ist.

Hamburg ist erbaut von Karl dem Großen und wird bewohnt von 80000 kleinen Leuten, die alle mit Karl dem Großen, der in Aachen begraben liegt, nicht tauschen würden. Vielleicht beträgt die Bevölkerung von Hamburg gegen 100000; ich weiß es nicht genau, obgleich ich ganze Tage lang auf den Straßen ging, um mir dort die Menschen zu betrachten. Auch habe ich gewiß manchen Mann übersehen, indem die Frauen meine besondere Aufmerksamkeit in Anspruch nahmen. Letztere fand ich durchaus nicht mager, sondern meist sogar korpulent, mitunter reizend schön und im Durchschnitt von einer gewissen wohlhabenden Sinnlichkeit, die mir, beileibe! nicht mißfiel. Wenn sie in der romantischen Liebe sich nicht allzu schwärmerisch zeigen und von der großen Leidenschaft des Herzens wenig ahnen, so ist das nicht ihre Schuld, sondern die Schuld Amors, des kleinen Gottes, der manchmal die schärfsten Liebespfeile auf seinen Bogen legt, aber aus Schalkheit oder Ungeschick viel zu tief schießt und statt des Herzens der Hamburgerinnen nur ihren Magen zu treffen pflegt. Was die

Männer betrifft, so sah ich meistens untersetzte Gestalten, verständige, kalte Augen, kurze Stirn, nachlässig herabhängende, rote Wangen, die Eßwerkzeuge besonders ausgebildet, der Hut wie festgenagelt auf dem Kopfe und die Hände in beiden Hosentaschen, wie einer, der eben fragen will: »Was hab ich zu bezahlen?«

Zu den Merkwürdigkeiten der Stadt gehören: 1. Das alte Rathaus, wo die großen Hamburger Bankiers, aus Stein gemeißelt und mit Zepter und Reichsapfel in Händen, abkonterfeit stehen. 2. Die Börse, wo sich täglich die Söhne Hammonias versammeln, wie einst die Römer auf dem Forum, und wo über ihren Häuptern eine schwarze Ehrentafel hängt mit den Namen ausgezeichneter Mitbürger. 3. Die schöne Marianne, ein außerordentlich schönes Frauenzimmer, woran der Zahn der Zeit schon seit zwanzig Jahren kaut – nebenbei gesagt, »der Zahn der Zeit« ist eine schlechte Metapher, denn sie ist so alt, daß sie gewiß keine Zähne mehr hat, nämlich die Zeit – die schöne Marianne hat vielmehr jetzt noch alle ihre Zähne und noch immer Haare darauf, nämlich auf den Zähnen. 4. Die ehemalige Zentralkassa. 5. Altona. 6. Die Originalmanuskripte von Marrs Tragödien. 7. Der Eigentümer des Rödingschen Kabinetts. 8. Die Börsenhalle. 9. Die Bacchushalle und endlich 10. das Stadttheater. Letzteres verdient besonders gepriesen zu werden, seine Mitglieder sind lauter gute Bürger, ehrsame Hausväter, die sich nicht verstellen können und niemanden täuschen, Männer, die das Theater zum Gotteshause machen, indem sie den Unglücklichen, der an der Menschheit verzweifelt, aufs wirksamste überzeugen, daß nicht alles in der Welt eitel Heuchelei und Verstellung ist.

Bei Aufzählung der Merkwürdigkeiten der Republik Hamburg kann ich nicht umhin, zu erwähnen, daß zu meiner Zeit der Apollosaal auf der Drehbahn sehr brillant war. Jetzt ist er sehr heruntergekommen, und es werden dort philharmonische Konzerte gegeben, Taschenspielerkünste gezeigt und Naturforscher gefüttert. Einst war es anders! Es schmetterten die Trompeten, es wirbelten die Pauken, es flatterten die Straußfedern, und Heloise und Minka rannten durch die Reihen der Oginskipolonäse, und alles war sehr anständig. Schöne Zeit, wo mir das Glück lächelte! Und das Glück hieß Heloise! Es war ein süßes, liebes, beglückendes Glück mit Rosenwangen, Liliennäschen, heißduftigen Nelkenlippen, Augen wie der blaue Bergsee, aber etwas Dummheit lag auf der Stirne, wie ein trüber Wolkenflor über einer prangenden Frühlingslandschaft. Sie war schlank wie eine Pappel und lebhaft wie ein Vogel, und ihre Haut war so zart, daß sie zwölf Tage geschwollen blieb durch den Stich einer Haarnadel. Ihr Schmollen, als ich sie gestochen hatte, dauerte aber nur zwölf Sekunden, und dann lächelte sie – schöne Zeit, als das Glück mir lächelte! Minka lächelte seltener, denn sie hatte keine schöne Zähne. Desto schöner aber waren ihre Tränen, wenn sie weinte, und sie weinte bei jedem fremden Unglück, und sie war wohltätig über alle Begriffe. Den Armen gab sie ihren letzten Schilling; sie war sogar oft in der Lage, wo sie ihr letztes Hemd weggab, wenn man es verlangte. Sie war so seelengut. Sie konnte nichts abschlagen, ausgenommen ihr Wasser. Dieser weiche, nachgiebige Charakter kontrastierte gar lieblich mit ihrer äußeren Erscheinung. Eine kühne, junonische Gestalt; weißer, frecher Nacken, umringelt von wilden, schwarzen Locken, wie von wollüstigen Schlangen; Augen, die unter ihren düsteren Siegesbogen so weltbeherrschend strahlten; purpurstolze, hochgewölbte Lippen; marmorne, gebietende Hände, worauf leider einige Sommersprossen; auch hatte sie, in der Form eines kleinen Dolchs, ein braunes Muttermal an der linken Hüfte.

Wenn ich dich in sogenannte schlechte Gesellschaft gebracht, lieber Leser, so tröste dich damit, daß sie dir wenigstens nicht soviel gekostet wie mir. Doch wird es später in diesem Buche nicht an idealischen Frauenspersonen fehlen, und schon jetzt will ich dir zur Erholung zwei Anstandsdamen vorführen, die ich damals kennen und verehren lernte. Es ist Madame Pieper und Madame Schnieper. Erstere war eine schöne Frau in ihren reifsten Jahren, große, schwärzliche Augen, eine große, weiße Stirne, schwarze, falsche Locken, eine kühne, altrömische Nase und ein Maul, das eine Guillotine war für jeden guten Namen. In der Tat, für einen guten Namen gab es keine leichtere Hinrichtungsmaschine als Madame Piepers Maul; sie ließ ihn nicht lange zappeln, sie machte keine langwichtige Vorbereitungen; war der beste gute Name zwischen ihre Zähne geraten, so lächelte sie nur – aber dieses Lächeln war wie ein Fallbeil, und die Ehre war abgeschnitten und fiel in den Sack. Sie war immer ein Muster von Anstand, Ehrsamkeit, Frömmigkeit und Tugend. Von Madame Schnieper ließ sich dasselbe rühmen. Es war eine zarte Frau, kleine, ängstliche Brüste gewöhnlich mit einem wehmütig dünnen Flor umgeben, hellblonde Haare, hellblaue Augen, die entsetzlich klug hervorstachen aus dem weißen Gesichte. Es hieß, man könne ihren Tritt nie hören, und wirklich, ehe man sich dessen versah, stand sie oft neben einem und verschwand dann wieder ebenso geräuschlos. Ihr Lächeln war ebenfalls tödlich für jeden guten Namen, aber minder wie ein Beil als vielmehr wie jener afrikanische Giftwind, von dessen Hauch schon alle Blumen verwelken; elendiglich verwelken mußte jeder gute Name, über den sie nur leise hinlächelte. Sie war immer ein Muster von Anstand, Ehrsamkeit, Frömmigkeit und Tugend.

Ich würde nicht ermangeln, mehre von den Söhnen Hammonias ebenfalls hervorzuloben und einige Männer, die man ganz besonders hochschätzt – namentlich diejenigen, welche man auf einige Millionen Mark Banko zu schätzen pflegt –, aufs prächtigste zu rühmen; aber ich will in diesem Augenblick meinen Enthusiasmus unterdrücken, damit er späterhin in desto helleren Flammen emporlodere. Ich habe nämlich nichts Geringeres im Sinn, als einen Ehrentempel Hamburgs herauszugeben, ganz nach demselben Plane, welchen schon vor zehn Jahren ein berühmter Schriftsteller entworfen hat, der in dieser Absicht jeden Hamburger aufforderte, ihm ein spezifiziertes Inventarium seiner speziellen Tugenden nebst einem Spezietaler aufs schleunigste einzusenden. Ich habe nie recht erfahren können, warum dieser Ehrentempel nicht zur Ausführung kam; denn die einen sagten, der Unternehmer, der Ehrenmann, sei, als er kaum von Aaron bis Abendrot gekommen und gleichsam die ersten Klötze eingerannt, von der Last des Materials schon ganz erdrückt worden; die anderen sagten, der hoch- und wohlweise Senat habe aus allzu großer Bescheidenheit das Projekt hintertrieben, indem er dem Baumeister seines eignen Ehrentempels plötzlich die Weisung gab, binnen vierundzwanzig Stunden das hamburgische Gebiet mit allen seinen Tugenden zu verlassen. Aber gleichviel aus welchem Grunde, das Werk ist nicht zustande gekommen; und da ich ja doch einmal aus angeborener Neigung etwas Großes tun wollte in dieser Welt und immer gestrebt habe, das Unmögliche zu leisten, so habe ich jenes ungeheure Projekt wieder aufgefaßt, und ich liefere einen Ehrentempel Hamburgs, ein unsterbliches Riesenbuch, worin ich die Herrlichkeit aller seiner Einwohner ohne Ausnahme beschreibe, worin ich edle Züge von geheimer Mildtätigkeit mitteile, die noch gar nicht in der Zeitung gestanden, worin ich

Großtaten erzähle, die keiner glauben wird, und worin mein eignes Bildnis, wie ich auf dem Jungfernsteg vor dem Schweizerpavillon sitze und über Hamburgs Verherrlichung nachdenke, als Vignette paradieren soll.

Kapitel IV

Für Leser, denen die Stadt Hamburg nicht bekannt ist – und es gibt deren vielleicht in China und Oberbayern –, für diese muß ich bemerken, daß der schönste Spaziergang der Söhne und Töchter Hammonias den rechtmäßigen Namen Jungfernsteg führt; daß er aus einer Lindenallee besteht, die auf der einen Seite von einer Reihe Häuser, auf der anderen Seite von dem großen Alsterbassin begrenzt wird; und daß vor letzterem, ins Wasser hineingebaut, zwei zeltartige lustige Kaffeehäuslein stehen, die man Pavillons nennt. Besonders vor dem einen, dem sogenannten Schweizerpavillon, läßt sich gut sitzen, wenn es Sommer ist und die Nachmittagssonne nicht zu wild glüht, sondern nur heiter lächelt und mit ihrem Glanze die Linden, die Häuser, die Menschen, die Alster und die Schwäne, die sich darauf wiegen, fast märchenhaft lieblich übergießt. Da läßt sich gut sitzen, und da saß ich gut gar manchen Sommernachmittag und dachte, was ein junger Mensch zu denken pflegt, nämlich gar nichts, und betrachtete, was ein junger. Mensch zu betrachten pflegt, nämlich die jungen Mädchen, die vorübergingen – und da flatterten sie vorüber, jene holden Wesen mit ihren geflügelten Häubchen und ihren verdeckten Körbchen, worin nichts enthalten ist – da trippelten sie dahin, die bunten Vierlanderinnen, die ganz Hamburg mit Erdbeeren und eigener Milch versehen und deren Röcke noch immer viel zu lang sind – da stolzierten die schönen Kaufmannstöchter, mit deren Liebe man auch soviel bares Geld bekömmt – da hüpft eine Amme, auf den Armen ein rosiges Knäbchen, das sie beständig küßt, während sie an ihren Geliebten denkt – da wandeln Priesterinnen der schaumentstiegenen Göttin, hanseatische Vestalen, Dianen, die auf die Jagd gehn, Najaden, Dryaden, Hamadryaden und sonstige Predigerstöchter – ach! da wandelt auch Minka und Heloisa! Wie oft saß ich vor dem Pavillon und sah sie vorüberwandeln in ihren rosagestreiften Roben – die Elle kostet 4

Mark und 3 Schilling, und Herr Seligmann hat mir versichert, die Rosastreifen würden im Waschen die Farbe behalten. – »Prächtige Dirnen!« riefen dann die tugendhaften Jünglinge, die neben mir saßen. – Ich erinnere mich, ein großer Assekuradeur, der immer wie ein Pfingstochs geputzt ging, sagte einst: »Die eine möcht ich mir mal als Frühstück und die andere als Abendbrot zu Gemüte führen, und ich würde an solchem Tage gar nicht zu Mittag speisen.« – »Sie ist ein Engel!« sagte einst ein Seekapitän ganz laut, so daß sich beide Mädchen zu gleicher Zeit umsahen und sich dann einander eifersüchtig anblickten. – Ich selber sagte nie etwas, und ich dachte meine süßesten Garnichtsgedanken und betrachtete die Mädchen und den heiter sanften Himmel und den langen Petriturm mit der schlanken Taille und die stille blaue Alster, worauf die Schwäne so stolz und so lieblich und so sicher umherschwammen. Die Schwäne! Stundenlang konnte ich sie betrachten, diese holden Geschöpfe mit ihren sanften langen Hälsen, wie sie sich üppig auf den weichen Fluten wiegten, wie sie zuweilen selig untertauchten und wieder auftauchten und übermütig plätscherten, bis der Himmel dunkelte und die goldnen Sterne hervortraten, verlangend, verheißend, wunderbar zärtlich, verklärt. Die Sterne! Sind es goldne Blumen am bräutlichen Busen des Himmels? Sind es verliebte Engelsaugen, die sich sehnsüchtig spiegeln in den blauen Gewässern der Erde und mit den Schwänen buhlen?

– – – Ach! das ist nun lange her. Ich war damals jung und töricht. Jetzt bin ich alt und töricht. Manche Blume ist unterdessen verwelkt und manche sogar zertreten worden. Manches seidne Kleid ist unterdessen zerrissen, und sogar der rosagestreifte Kattun des Herren Seligmann hat unterdessen die Farbe verloren. Er selbst aber ist ebenfalls verblichen – die Firma ist jetzt »Seligmanns selige Witwe« – und Heloisa, das sanfte Wesen, das geschaffen schien, nur auf weichbeblümte indische Teppiche zu wandeln und mit Pfauenfedern gefächelt zu werden, sie ging unter in Matrosenlärm, Punsch, Tabaksrauch und schlechter Musik. Als ich Minka wiedersah – sie nannte sich jetzt Kathinka und wohnte zwischen Hamburg und Altona –, da sah sie aus wie der Tempel Salomonis, als ihn Nebukadnezar zerstört hatte, und roch nach assyrischem Knaster – und als sie mir Heloisas Tod erzählte, weinte sie bitterlich und riß sich verzweiflungsvoll die Haare aus und wurde schier ohnmächtig und mußte ein großes Glas Branntewein austrinken, um zur Besinnung zu kommen.

Und die Stadt selbst, wie war sie verändert! Und der Jungfernsteg! Der Schnee lag auf den Dächern, und es schien, als hätten sogar die Häuser gealtert und weiße Haare bekommen. Die Linden des Jungfernstegs waren nur tote Bäume mit dürren Ästen, die sich gespenstisch im kalten Winde bewegten. Der Himmel war schneidend blau und dunkelte hastig. Es war Sonntag, fünf Uhr, die allgemeine Fütterungstunde, und die Wagen rollten, Herren und Damen stiegen aus mit einem gefrorenen Lächeln auf den hungrigen Lippen – Entsetzlich! in diesem Augenblick durchschauerte mich die schreckliche Bemerkung, daß ein unergründlicher Blödsinn auf allen diesen Gesichtern lag und daß alle Menschen, die eben vorbeigingen, in einem wunderbaren Wahnwitz befangen schienen. Ich hatte sie schon vor zwölf Jahren, um dieselbe Stunde, mit denselben Mienen, wie die Puppen einer Rathausuhr, in derselben Bewegung gesehen, und sie hatten seitdem ununterbrochen in derselben Weise gerechnet, die Börse besucht, sich einander eingeladen, die Kinnbacken bewegt, ihre Trinkgelder bezahlt und wieder gerechnet: zwei mal zwei ist vier – »Entsetzlich!« rief ich, »wenn einem von diesen Leuten, während er auf dem Kontorbock säße, plötzlich einfiele, daß zwei mal zwei eigentlich fünf sei und daß er also sein ganzes Leben verrechnet und sein ganzes Leben in einem schauderhaften Irrtum vergeudet habe!« Auf einmal aber ergriff mich selbst ein närrischer Wahnsinn, und als ich die vorüberwandlenden Menschen genauer betrachtete, kam es mir vor, als seien sie selber nichts anders als Zahlen, als arabische Chiffern; und da ging eine krummfüßige Zwei neben einer fatalen Drei, ihrer schwangeren und vollbusigen Frau Gemahlin; dahinter ging Herr Vier auf Krücken; einherwatschelnd kam eine fatale Fünf, rundbäuchig mit kleinem Köpfchen; dann kam eine wohlbekannte kleine Sechse und eine noch wohlbekanntere böse Sieben – doch als ich die unglückliche Acht, wie sie vorüberschwankte, ganz genau betrachtete, erkannte ich den Assekuradeur, der sonst wie ein Pfingstochs geputzt ging, jetzt aber wie die magerste von Pharaos mageren Kühen aussah – blasse, hohle Wangen wie ein leerer Suppenteller, kaltrote Nase wie eine Winterrose, abgeschabter schwarzer Rock, der einen kümmerlich weißen Widerschein gab, ein Hut, worin Saturn mit der Sense einige Luftlöcher geschnitten, doch die Stiefel noch immer spiegelblank gewichst – und er schien nicht mehr daran zu denken, Heloisa und Minka als Frühstück und Abendbrot zu verzehren, er schien sich vielmehr nach einem Mittagessen von gewöhnlichem Rindfleisch zu sehnen. Unter den vorüberrollenden Nullen erkannte ich noch manchen alten Bekannten. Diese und die anderen Zahlenmenschen rollten vorüber, hastig und hungrig, während unfern, längs den Häusern des Jungfernstegs, noch grauenhafter drollig, ein Leichenzug sich hinbewegte. Ein trübsinniger Mummenschanz! Hinter den Trauerwagen, einherstelzend auf ihren dünnen schwarzseidenen Beinchen, gleich Marionetten des Todes, gingen die wohlbekannten Ratsdiener, privilegierte Leidtragende in parodiert altburgundischem Kostüm; kurze, schwarze Mäntel und schwarze Pluderhosen, weiße Perücken und weiße Halsbergen, wozwischen die roten bezahlten Gesichter gar possenhaft hervorgucken, kurze Stahldegen an den Hüften, unterm Arm ein grüner Regenschirm.

Aber noch unheimlicher und verwirrender als diese Bilder, die sich, wie ein chinesisches Schattenspiel, schweigend vorbeibewegten, waren die Töne, die von einer anderen Seite in mein Ohr drangen. Es waren heisere, schnarrende, metallose Töne, ein unsinniges Kreischen, ein ängstliches Plätschern und verzweifelndes Schlürfen, ein Keichen und Schollern, ein Stöhnen und Ächzen, ein unbeschreibbar eiskalter Schmerzlaut. Das Bassin der Alster war zugefroren, nur nahe am Ufer war ein großes, breites Viereck in der Eisdecke ausgehauen, und die entsetzlichen Töne, die ich eben vernommen, kamen aus den Kehlen der armen weißen Geschöpfe, die darin herumschwammen und in entsetzlicher Todesangst schrien, und ach! es waren dieselben Schwäne, die einst so weich und heiter meine Seele bewegten. Ach! die schönen weißen Schwäne, man hatte ihnen die Flügel gebrochen, damit sie im Herbst nicht auswandern konnten nach dem warmen Süden, und jetzt hielt der Norden sie festgebannt in seinen dunkeln Eisgruben – und der Markeur des Pavillons meinte, sie befänden sich wohl darin und die Kälte sei ihnen gesund. Das ist aber nicht wahr, es ist einem nicht wohl, wenn man ohnmächtig in einem kalten Pfuhl eingekerkert ist, fast eingefroren, und einem die Flügel gebrochen sind und man nicht fortfliegen kann nach dem schönen Süden, wo die schönen Blumen, wo die goldnen Sonnenlichter, wo die blauen Bergseen – Ach! auch mir erging es einst nicht viel besser, und ich verstand die Qual dieser armen Schwäne; und als es gar immer dunkler wurde und die Sterne oben hell hervortraten, dieselben Sterne, die einst in schönen Sommernächten so liebeheiß mit den Schwänen gebuhlt, jetzt aber so winterkalt, so frostig klar und fast verhöhnend auf sie herabblickten – wohl begriff ich jetzt, daß die Sterne keine liebende, mitfühlende Wesen sind, sondern nur glänzende Täuschungen der Nacht, ewige Trugbilder in einem erträumten Himmel, goldne Lügen im dunkelblauen Nichts – – –

Kapitel V

Während ich das vorige Kapitel hinschrieb, dacht ich unwillkürlich an ganz etwas anders. Ein altes Lied summte mir beständig im Gedächtnis, und Bilder und Gedanken verwirrten sich aufs unleidlichste; ich mag wollen oder nicht, ich muß von jenem Liede sprechen. Vielleicht auch gehört es hierher, und es drängt sich mit Recht in mein Geschreibsel hinein. Ja, ich fange jetzt sogar an, es zu verstehen, und ich verstehe jetzt auch den verdüsterten Ton, womit der Claas Hinrichson es sang; er war ein Jütländer und diente bei uns als Pferdeknecht. Er sang es noch den Abend vorher, ehe er sich in unserem Stall erhenkte. Bei dem Refrain »Schau dich um, Herr Vonved!« lachte er manchmal gar bitterlich; die Pferde wieherten dabei sehr angstvoll, und der Hofhund bellte, als stürbe jemand. Es ist das altdänische Lied von dem Herrn Vonved, der in die Welt ausreitet und sich so lange darin herumschlägt, bis man seine Fragen beantwortet, und der endlich, wenn alle seine Rätsel gelöst sind, gar verdrießlich nach Hause reitet. Die Harfe klingt von Anfang bis zu Ende. Was sang er im Anfang? was sang er am Ende? Ich hab oft drüber nachgedacht. Claas Hinrichsons Stimme war manchmal tränenweich, wenn er das Lied anfing, und wurde allmählich rauh und grollend wie das Meer, wenn ein Sturm heranzieht. Es beginnt:

> Herr Vonved sitzt im Kämmerlein,
> Er schlägt die Goldharf' an so rein,
> Er schlägt die Goldharf' unterm Kleid,

Da kommt seine Mutter gegangen herein.
Schau dich um, Herr Vonved!

Das war seine Mutter Adelin, die Königin, die spricht zu ihm: Mein junger Sohn, laß andere die Harfe spielen, gürt um das Schwert, besteige dein Roß, reit aus, versuche deinen Mut, kämpfe und ringe, schau dich um in der Welt, schau dich um, Herr Vonved. Und

Herr Vonved bindet sein Schwert an die Seite,
Ihn lüstet, mit Kämpfern zu streiten;
So wunderlich ist seine Fahrt:
Gar keinen Mann er drauf gewahrt.
Schau dich um, Herr Vonved!

Sein Helm war blinkend,
Sein Sporn war klingend,
Sein Roß war springend,
Selbst war der Herr so schwingend.
Schau dich um, Herr Vonved!

Ritt einen Tag, ritt drei darnach,
Doch nimmer eine Stadt er sah;
»Eia«, sagte der junge Mann,
»Ist keine Stadt in diesem Land?«
Schau dich um, Herr Vonved!

Er ritt wohl auf dem Weg dahin,
Herr Thule Vang begegnet' ihm;
Herr Thule mit seinen zwölf Söhnen zumal,
Die waren gute Ritter all.
Schau dich um, Herr Vonved!

»Mein jüngster Sohn, hör du mein Wort:
Den Harnisch tausch mit mir sofort,
Unter uns tauschen wir das Panzerkleid,
Eh' wir schlagen diesen Helden frei.«
Schau dich um, Herr Vonved!

> Herr Vonved reißt sein Schwert von der Seite,
> Es lüstet ihn, mit Kämpfern zu streiten:
> Erst schlägt er den Herren Thule selbst,
> Darnach all seine Söhne zwölf.
> Schau dich um, Herr Vonved!

Herr Vonved bindet sein Schwert an die Seite, es lüstet ihn, weiter auszureiten. Da kommt er zu dem Weidmann und verlangt von ihm die Hälfte seiner Jagdbeute; der aber will nicht teilen und muß mit ihm kämpfen und wird erschlagen. Und

> Herr Vonved bindet sein Schwert an die Seite,
> Ihn lüstet, weiter auszureiten;
> Zum großen Berge der Held hinreit't,
> Sieht, wie der Hirte das Vieh da treibt.
> Schau dich um, Herr Vonved!

> »Und hör du, Hirte, sag du mir:
> Wes ist das Vieh, das du treibst vor dir?
> Und was ist runder als ein Rad?
> Wo wird getrunken fröhliche Weihnacht?«
> Schau dich um, Herr Vonved!

> »Sag: wo steht der Fisch in der Flut?
> Und wo ist der rote Vogel gut?
> Wo mischet man den besten Wein?
> Wo trinkt Vidrich mit den Kämpfern sein?«
> Schau dich um, Herr Vonved!

> Da saß der Hirt, so still sein Mund,
> Davon er gar nichts sagen kunnt.
> Er schlug nach ihm mit der Zunge,
> Da fiel heraus Leber und Lunge.
> Schau dich um, Herr Vonved!

Und er kommt zu einer anderen Herde, und da sitzt wieder ein Hirt, an den er seine Fragen richtet. Dieser aber gibt ihm Bescheid, und

Herr Vonved nimmt einen Goldring und steckt ihn dem Hirten an den Arm. Dann reitet er weiter und kommt zu Tyge Nold und erschlägt ihn mitsamt seinen zwölf Söhnen. Und wieder

Er warf herum sein Pferd,
Herr Vonved, der junge Edelherr;
Er tät über Berg und Tale dringen,
Doch konnt er niemand zur Rede bringen.
Schau dich um, Herr Vonved!

So kam er zu der dritten Schar.
Da saß ein Hirt mit silbernem Haar:
»Hör du, guter Hirte mit deiner Herd',
Du gibst mir gewißlich Antwort wert.«
Schau dich um, Herr Vonved!

»Was ist runder als ein Rad?
Wo wird getrunken die beste Weihnacht?
Wo geht die Sonne zu ihrem Sitz?
Und wo ruhn eines toten Mannes Füß'?«
Schau dich um, Herr Vonved!

»Was füllet aus alle Tale?
Was kleidet am besten im Königssaale?
Was ruft lauter, als der Kranich kann?
Und was ist weißer als ein Schwan?«
Schau dich um, Herr Vonved!

»Wer trägt den Bart auf seinem Rück'?
Wer trägt die Nas' unter seinem Kinn?
Als ein Riegel, was ist schwärzer noch mehr?
Und was ist rascher als ein Reh?«
Schau dich um, Herr Vonved!

»Wo ist die allerbreiteste Brück'?
Was ist am meisten zuwider der Menschen Blick?
Wo wird gefunden der höchste Gang?

Wo wird getrunken der kälteste Trank?«
Schau dich um, Herr Vonved!

»Die Sonn' ist runder als ein Rad,
Im Himmel begeht man die fröhliche Weihnacht,
Gen Westen geht die Sonne zu ihrem Sitz.
Gen Osten ruhn eines toten Mannes Füß'.«
Schau dich um, Herr Vonved!

»Der Schnee füllt aus alle Tale,
Am herrlichsten kleidet der Mut im Saale,
Der Donner ruft lauter, als der Kranich kann,
Und Engel sind weißer als der Schwan.«
Schau dich um, Herr Vonved!

»Der Kiebitz trägt den Bart in dem Nacken sein,
Der Bär hat die Nas' unterm Kinn allein,
Die Sünde schwärzer ist als ein Riegel noch mehr
Und der Gedanke rascher als ein Reh.«
Schau dich um, Herr Vonved!

»Das Eis macht die allerbreiteste Brück',
Die Kröt' ist am meisten zuwider des Menschen Blick,
Zum Paradies geht der höchste Gang,
Da unten, da trinkt man den kältesten Trank.«
Schau dich um, Herr Vonved!

»Weisen Spruch und Rat hast du nun hier,
So wie ich ihn habe gegeben dir.«
»Nun hab ich so gutes Vertrauen auf dich,
Viel Kämpfer zu finden bescheidest du mich.«
Schau dich um, Herr Vonved!

»Ich weis dich zu der Sonderburg,
Da trinken die Helden den Met ohne Sorg',
Dort findest du viel Kämpfer und Rittersleut',

Die können viel gut sich wehren im Streit.«
Schau dich um, Herr Vonved!

Er zog einen Goldring von der Hand,
Der wog wohl fünfzehn goldne Pfund;
Den tät er dem alten Hirten reichen,
Weil er ihm durft die Helden anzeigen.
Schau dich um, Herr Vonved!

Und er reitet ein in die Burg, und er erschlägt zuerst den Randulf, hernach den Strandulf.

Er schlug den starken Ege Under,
Er schlug den Ege Karl, seinen Bruder,
So schlug er in die Kreuz und Quer,
Er schlug die Feinde vor sich her.
Schau dich um, Herr Vonved!

Herr Vonved steckt sein Schwert in die Scheide,
Er denkt noch weiter fort zu reiten.
Er findet da in der wilden Mark
Einen Kämpfer, und der war viel stark.
Schau dich um, Herr Vonved!

»Sag mir, du edler Ritter gut,
Wo steht der Fisch in der Flut?
Wo wird geschenkt der beste Wein?
Und wo trinkt Vidrich mit den Kämpfern sein?«
Schau dich um, Herr Vonved!

»In Osten steht der Fisch in der Flut,
In Norden wird getrunken der Wein so gut,
In Halland findst du Vidrich daheim
Mit Kämpfern und vielen Gesellen sein.«
Schau dich um, Herr Vonved!

Von der Brust Vonved einen Goldring nahm,
Den steckt er dem Kämpfer an seinen Arm:
»Sag, du wärst der letzte Mann,
Der Gold vom Herrn Vonved gewann.«
Schau dich um, Herr Vonved!

Herr Vonved vor die hohe Zinne tät reiten,
Bat die Wächter, ihn hineinzuleiten;
Als aber keiner heraus zu ihm ging,
Da sprang er über die Mauer dahin.
Schau dich um, Herr Vonved!

Sein Roß an einen Strick er band,
Darauf er sich zur Burgstube gewandt;
Er setzte sich oben an die Tafel sofort,
Dazu sprach er kein einziges Wort.
Schau dich um, Herr Vonved!

Er aß, er trank, nahm Speise sich,
Den König fragt' er darum nicht;
»Gar nimmer bin ich ausgefahren,
Wo soviel verfluchte Zungen waren.«
Schau dich um, Herr Vonved!

Der König sprach zu den Kämpfern sein:
»Der tolle Gesell muß gebunden sein:
Bindet ihr den fremden Gast nicht fest,
So dienet ihr mir nicht aufs best'.«
Schau dich um, Herr Vonved!

»Nimm du fünf, nimm du zwanzig auch dazu
Und komm zum Spiel du selbst herzu:
Ein Hurensohn, so nenn ich dich,
Außer, du bindest mich.«
Schau dich um, Herr Vonved!

»König Esmer, mein lieber Vater,
Und stolz Adelin, meine Mutter,
Haben mir gegeben das strenge Verbot,
Mit 'nem Schalk nicht zu verzehren mein Gold.«
Schau dich um, Herr Vonved!

»War Esmer, der König, dein Vater,
Und Frau Adelin deine liebe Mutter,
So bist du Herr Vonved, ein Kämpfer schön,
Dazu meiner liebsten Schwester Sohn.«
Schau dich um, Herr Vonved!

»Herr Vonved, willst du bleiben bei mir,
Beides, Ruhm und Ehre, soll werden dir,
Und willst du zu Land ausfahren,
Meine Ritter sollen dich bewahren.«
Schau dich um, Herr Vonved!

»Mein Gold soll werden für dich gespart,
Wenn du willst halten deine Heimfahrt.«
Doch das zu tun lüstet ihn nicht,
Er wollt fahren zu seiner Mutter zurück
Schau dich um, Herr Vonved!

Herr Vonved ritt auf dem Weg dahin,
Er war so gram in seinem Sinn;
Und als er zur Burg geritten kam,
Da standen zwölf Zauberweiber daran.
Schau dich um, Herr Vonved!

Standen mit Rocken und Spindeln vor ihm,
Schlugen ihn übers weiße Schienbein hin;
Herr Vonved mit seinem Roß herumdringt,
Die zwölf Zauberweiber schlägt er in einen Ring.
Schau dich um, Herr Vonved!

Schlägt die Zauberweiber, die stehen da,
Sie finden bei ihm so kleinen Rat.
Seine Mutter genießt dasselbe Glück,
Er haut sie in fünftausend Stück'.
Schau dich um, Herr Vonved!

So geht er in den Saal hinein,
Er ißt, und trinkt den klaren Wein,
Dann schlägt er die Goldharfe so lang,
Daß springen entzwei alle die Strang'.
Schau dich um, Herr Vonved!

Kapitel VI

Es war aber ein gar lieblicher Frühlingstag, als ich zum erstenmal die Stadt Hamburg verlassen. Noch sehe ich, wie im Hafen die goldnen Sonnenlichter auf die beteerten Schiffsbäuche spielen, und ich höre noch das heitre langhingesungene Hoiho! der Matrosen. So ein Hafen im Frühling hat überdies die freundlichste Ähnlichkeit mit dem Gemüt eines Jünglings, der zum erstenmal in die Welt geht, sich zum erstenmal auf die hohe See des Lebens hinauswagt – noch sind alle seine Gedanken buntbewimpelt, Übermut schwellt alle Segel seiner Wünsche, hoiho! – aber bald erheben sich die Stürme, der Horizont verdüstert sich, die Windsbraut heult, die Planken krachen, die Wellen zerbrechen das Steuer, und das arme Schiff zerschellt an romantischen Klippen oder strandet auf seicht-prosaischem Sand – oder vielleicht morsch und gebrochen, mit gekapptem Mast, ohne ein einziges Anker der Hoffnung, gelangt es wieder heim in den alten Hafen und vermodert dort, abgetakelt kläglich, als ein elendes Wrack!

Aber es gibt auch Menschen, die nicht mit gewöhnlichen Schiffen verglichen werden dürfen, sondern mit Dampfschiffen. Diese tragen ein dunkles Feuer in der Brust, und sie fahren gegen Wind und Wetter – ihre Rauchflagge flattert wie der schwarze Federbusch des nächtlichen Reuters, ihre Zackenräder sind wie kolossale Pfundsporen, womit sie das Meer in die Wellenrippen stacheln, und das widerspenstig schäumende Element muß ihrem Willen gehorchen, wie ein Roß – aber sehr oft platzt der Kessel, und der innere Brand verzehrt uns.

Doch ich will mich aus der Metapher wieder herausziehn und auf ein wirkliches Schiff setzen, welches von Hamburg nach Amsterdam fährt. Es war ein schwedisches Fahrzeug, hatte außer den Helden dieser Blätter auch Eisenbarren geladen und sollte wahrscheinlich als Rückfracht eine Ladung Stockfische nach Hamburg oder Eulen nach Athen bringen.

Die Ufergegenden der Elbe sind wunderlieblich. Besonders hinter Altona, bei Rainville. Unfern liegt Klopstock begraben. Ich kenne keine Gegend, wo ein toter Dichter so gut begraben liegen kann wie dort. Als lebendiger Dichter dort zu leben ist schon weit schwerer. Wie oft hab ich dein Grab besucht, Sänger des Messias, der du so rührend wahr die Leiden Jesu besungen! Du hast aber auch lang genug auf der Königstraße hinter dem Jungfernsteg gewohnt, um zu wissen, wie Propheten gekreuzigt werden.

Den zweiten Tag gelangten wir nach Kuxhaven, welches eine hamburgische Kolonie. Die Einwohner sind Untertanen der Republik und haben es sehr gut. Wenn sie im Winter frieren, werden ihnen aus Hamburg wollene Decken geschickt, und in allzu heißen Sommertagen schickt man ihnen auch Limonade. Als Prokonsul residiert dort ein hoch- oder wohlweiser Senator. Er hat jährlich ein Einkommen von 20000 Mark und regiert über 5000 Seelen. Es ist dort auch ein Seebad, welches vor anderen Seebädern den Vorteil bietet, daß es zu gleicher Zeit ein Elbbad ist. Ein großer Damm, worauf man spazierengehn kann, führt nach Ritzebüttel, welches ebenfalls zu Kuxhaven gehört. Das Wort kommt aus dem Phönizischen; die Worte »Ritze« und »Büttel« heißen auf phönizisch: Mündung der Elbe. Manche Historiker behaupten, Karl der Große habe Hamburg nur erweitert, die Phönizier aber hätten Hamburg und Altona gegründet, und zwar zu derselben Zeit, als Sodom und Gomorrha zugrunde gingen. Vielleicht haben sich Flüchtlinge aus diesen Städten nach der Mündung der Elbe gerettet. Man hat zwischen der Fuhlentwiete und der Kaffemacherei einige alte Münzen ausgegraben, die noch unter der Regierung von Bera XVI. und Birsa X. geschlagen worden. Nach meiner Meinung ist Hamburg das alte Tharsis, woher Salomo ganze Schiffsladungen voll Gold, Silber, Elfenbein, Pfauen und Affen erhalten hat. Salomo, nämlich der König von Juda und Israel, hatte immer eine besondere Liebhaberei für Gold und Affen.

Unvergeßlich bleibt mir diese erste Seereise. Meine alte Großmuhme hatte mir so viele Wassermärchen erzählt, die jetzt alle wieder in meinem Gedächtnis aufblühten. Ich konnte ganze Stunden lang auf dem Verdecke sitzen und an die alten Geschichten denken, und wenn die Wellen murmelten, glaubte ich die Großmuhme sprechen zu hören. Wenn ich die Augen schloß, dann sah ich sie wieder leibhaftig vor mir sitzen mit dem einzigen Zahn in dem Munde, und hastig bewegte sie wieder die Lippen und erzählte die Geschichte vom Fliegenden Holländer.

Ich hätte gern die Meernixen gesehen, die auf weißen Klippen sitzen und ihr grünes Haar kämmen; aber ich konnte sie nur singen hören.

Wie angestrengt ich auch manchmal in die klare See hinabschaute, so konnte ich doch nicht die versunkenen Städte sehen, worin die Menschen, in allerlei Fischgestalten verwünscht, ein tiefes, wundertiefes Wasserleben führen. Es heißt, die Lachse und alte Rochen sitzen dort, wie Damen geputzt, am Fenster und fächern sich und gucken hinab auf die Straße, wo Schellfische in Ratsherrentracht vorbeischwimmen, wo junge Modeheringe nach ihnen hinauflorgnieren und wo Krabben, Hummer und sonstig niedriges Krebsvolk umherwimmelt. Ich habe aber nicht so tief hinabsehen können, und nur die Glocken hörte ich unten läuten.

In der Nacht sah ich mal ein großes Schiff mit ausgespannten blutroten Segeln vorbeifahren, daß es aussah wie ein dunkler Riese in einem weiten Scharlachmantel. War das der Fliegende Holländer?

In Amsterdam aber, wo ich bald darauf anlangte, sah ich ihn leibhaftig selbst, den graunhaften Mynheer, und zwar auf der Bühne. Bei dieser Gelegenheit, im Theater zu Amsterdam, lernte ich auch eine von jenen Nixen kennen, die ich auf dem Meere selbst vergeblich gesucht. Ich will ihr, weil sie gar zu lieblich war, ein besonderes Kapitel weihen.

Kapitel VII

Die Fabel von dem Fliegenden Holländer ist euch gewiß bekannt. Es ist die Geschichte von dem verwünschten Schiffe, das nie in den Hafen gelangen kann und jetzt schon seit undenklicher Zeit auf dem Meere herumfährt. Begegnet es einem anderen Fahrzeuge, so kommen einige von der unheimlichen Mannschaft in einem Boote herangefahren und bitten, ein Paket Briefe gefälligst mitzunehmen. Diese Briefe muß man an den Mastbaum festnageln, sonst widerfährt dem Schiffe ein Unglück, besonders wenn keine Bibel an Bord oder kein Hufeisen am Fockmaste befindlich ist. Die Briefe sind immer an Menschen adressiert, die man gar nicht kennt oder die längst verstorben, so daß zuweilen der späte Enkel einen Liebesbrief in Empfang nimmt, der an seine Urgroßmutter gerichtet ist, die schon seit hundert Jahr im Grabe liegt. Jenes hölzerne Gespenst, jenes grauenhafte Schiff führt seinen Namen von seinem Kapitän, einem Holländer, der einst bei allen Teufeln geschworen, daß er irgendein Vorgebirge, dessen Namen mir entfallen, trotz des heftigsten Sturms, der eben wehte, umschiffen wolle, und sollte er auch bis zum Jüngsten Tage segeln müssen. Der Teufel hat ihn beim Wort gefaßt, er muß bis zum Jüngsten Tage auf dem Meere herumirren, es sei denn, daß er durch die Treue eines Weibes erlöst werde. Der Teufel, dumm wie er ist, glaubt nicht an Weibertreue und erlaubte daher dem verwünschten Kapitän, alle sieben Jahr einmal ans Land zu steigen und zu heuraten und bei dieser Gelegenheit seine Erlösung zu betreiben. Armer Holländer! Er ist oft froh genug, von der Ehe selbst wieder erlöst und seine Erlöserin loszuwerden, und er begibt sich dann wieder an Bord.

Auf diese Fabel gründete sich das Stück, das ich im Theater zu Amsterdam gesehen. Es sind wieder sieben Jahr verflossen, der arme Holländer ist des endlosen Umherirrens müder als jemals, steigt ans Land, schließt Freundschaft mit einem schottischen Kaufmann, dem er begegnet, verkauft ihm Diamanten zu spottwohlfeilem Preise, und wie er hört, daß sein Kunde eine schöne Tochter besitzt, verlangt er sie zur Gemahlin. Auch dieser Handel wird abgeschlossen. Nun sehen wir das Haus des Schotten, das Mädchen erwartet den Bräutigam zagen Herzens. Sie schaut oft mit Wehmut nach einem großen verwitterten

Gemälde, welches in der Stube hängt und einen schönen Mann in spanisch-niederländischer Tracht darstellt; es ist ein altes Erbstück, und nach der Aussage der Großmutter ist es ein getreues Konterfei des Fliegenden Holländers, wie man ihn vor hundert Jahr in Schottland gesehen, zur Zeit König Wilhelms von Oranien. Auch ist mit diesem Gemälde eine überlieferte Warnung verknüpft, daß die Frauen der Familie sich vor dem Originale hüten sollten. Eben deshalb hat das Mädchen von Kind auf sich die Züge des gefährlichen Mannes ins Herz geprägt. Wenn nun der wirkliche Fliegende Holländer leibhaftig hereintritt, erschrickt das Mädchen; aber nicht aus Furcht. Auch jener ist betroffen bei dem Anblick des Porträts. Als man ihm bedeutet, wen es vorstelle, weiß er jedoch jeden Argwohn von sich fernzuhalten; er lacht über den Aberglauben, er spöttelt selber über den Fliegenden Holländer, den Ewigen Juden des Ozeans; jedoch unwillkürlich in einen wehmütigen Ton übergehend, schildert er, wie Mynheer auf der unermeßlichen Wasserwüste die unerhörtesten Leiden erdulden müsse, wie sein Leib nichts anderes sei als ein Sarg von Fleisch, worin seine Seele sich langweilt, wie das Leben ihn von sich stößt und auch der Tod ihn abweist: gleich einer leeren Tonne, die sich die Wellen einander zuwerfen und sich spottend einander zurückwerfen, so werde der arme Holländer zwischen Tod und Leben hin und her geschleudert, keins von beiden wolle ihn behalten; sein Schmerz sei tief wie das Meer, worauf er herumschwimmt, sein Schiff sei ohne Anker und sein Herz ohne Hoffnung.

Ich glaube, dieses waren ungefähr die Worte, womit der Bräutigam schließt. Die Braut betrachtet ihn ernsthaft und wirft manchmal Seitenblicke nach seinem Konterfei. Es ist, als ob sie sein Geheimnis erraten habe, und wenn er nachher fragt: »Katharina, willst du mir treu sein?«, antwortet sie entschlossen: »Treu bis in den Tod.«

Bei dieser Stelle, erinnere ich mich, hörte ich lachen, und dieses Lachen kam nicht von unten, aus der Hölle, sondern von oben, vom Paradiese. Als ich hinaufschaute, erblickte ich eine wunderschöne Eva, die mich mit ihren großen blauen Augen verführerisch ansah. Ihr Arm hing über der Galerie herab, und in der Hand hielt sie einen Apfel oder vielmehr eine Apfelsine. Statt mir aber symbolisch die Hälfte anzubieten, warf sie mir bloß metaphorisch die Schalen auf den Kopf. War es Absicht oder Zufall? Das wollte ich wissen. Ich war aber, als ich ins Paradies hinaufstieg, um die Bekanntschaft fortzusetzen, nicht wenig befremdet, ein weißes sanftes Mädchen zu finden, eine überaus weiblich weiche Gestalt, nicht schmächtig, aber doch kristallig zart, ein Bild häuslicher Zucht und beglückender Holdseligkeit. Nur um die linke Oberlippe zog sich etwas oder vielmehr ringelte sich etwas wie das Schwänzchen einer fortschlüpfenden Eidechse. Es war ein geheimnisvoller Zug, wie man ihn just nicht bei den reinen Engeln, aber auch nicht bei häßlichen Teufeln zu finden pflegt. Dieser Zug bedeutete weder das Gute noch das Böse, sondern bloß ein schlimmes Wissen; es ist ein Lächeln, welches vergiftet worden von jenem Apfel der Erkenntnis, den der Mund genossen. Wenn ich diesen Zug auf weichen vollrosigen Mädchenlippen sehe, dann fühl ich in den eigenen Lippen ein krampfhaftes Zucken, ein zuckendes Verlangen, jene Lippen zu küssen; es ist Wahlverwandtschaft.

Ich flüsterte daher dem schönen Mädchen ins Ohr: »Juffrouw! ich will deinen Mund küssen.«

»Bei Gott, Mynheer, das ist ein guter Gedanke!« war die Antwort, die hastig und mit entzückendem Wohllaut aus dem Herzen hervorklang.

Aber nein – die ganze Geschichte, die ich hier zu erzählen dachte und wozu der Fliegende Holländer nur als Rahmen dienen sollte, will ich jetzt unterdrücken. Ich räche mich dadurch an den Prüden, die dergleichen Geschichten mit Wonne einschlürfen und bis an den Nabel, ja noch tiefer, davon entzückt sind und nachher den Erzähler schelten und in Gesellschaft über ihn die Nase rümpfen und ihn als unmoralisch verschreien. Es ist eine gute Geschichte, köstlich wie eingemachte Ananas oder wie frischer Kaviar oder wie Trüffel in Burgunder, und wäre eine angenehme Lektüre nach der Betstunde; aber aus Ranküne, zur Strafe für frühere Unbill, will ich sie unterdrücken. Ich mache daher hier einen langen Gedankenstrich –

Dieser Strich bedeutet ein schwarzes Sofa, und darauf passierte die Geschichte, die ich nicht erzähle. Der Unschuldige muß mit dem Schuldigen leiden, und manche gute Seele schaut mich jetzt an mit einem bittenden Blick. Je nun, diesen Besseren will ich im Vertrauen gestehn, daß ich noch nie so wild geküßt worden wie von jener holländischen Blondine und daß diese das Vorurteil, welches ich bisher gegen blonde Haare und blaue Augen hegte, aufs siegreichste zerstört hat. Jetzt erst begriff ich, warum ein englischer Dichter solche Damen mit gefrorenem Champagner verglichen hat. In der eisigen Hülle lauert der heißeste Extrakt. Es gibt nichts Pikanteres als der Kontrast jener äußeren Kälte und der inneren Glut, die bacchantisch emporlodert und den glücklichen Zecher unwiderstehlich berauscht. Ja, weit mehr als in Brünetten zehrt der Sinnenbrand in manchen scheinstillen Heiligenbildern mit goldenem Glorienhaar und blauen Himmelsaugen und frommen Lilienhänden. Ich weiß eine Blondine aus einem der besten niederländischen Häuser, die zuweilen ihr schönes Schloß am Zuidersee verließ und inkognito nach Amsterdam und dort ins Theater ging, jedem, der ihr gefiel, Apfelsinenschalen auf den Kopf warf, zuweilen gar in Matrosenherbergen die wüsten Nächte zubrachte, eine holländische Messaline.

– – Als ich ins Theater noch einmal zurückkehrte, kam ich eben zur letzten Szene des Stücks, wo auf einer hohen Meerklippe das Weib des Fliegenden Holländers, die Frau Fliegende Holländerin, verzweiflungsvoll die Hände ringt, während auf dem Meere, auf dem Verdeck seines unheimlichen Schiffes, ihr unglücklicher Gemahl zu schauen ist. Er liebt sie und will sie verlassen, um sie nicht ins Verderben zu ziehen, und er gesteht ihr sein grauenhaftes Schicksal und den schrecklichen Fluch, der auf ihm lastet. Sie aber ruft mit lauter Stimme: »Ich war dir treu bis zu dieser Stunde, und ich weiß ein sicheres Mittel, wodurch ich dir meine Treue erhalte bis in den Tod!«

Bei diesen Worten stürzt sich das treue Weib ins Meer, und nun ist auch die Verwünschung des Fliegenden Holländers zu Ende, er ist erlöst, und wir sehen, wie das gespenstische Schiff in den Abgrund des Meeres versinkt.

Die Moral des Stückes ist für die Frauen, daß sie sich in acht nehmen müssen, keinen Fliegenden Holländer zu heuraten; und wir Männer ersehen aus diesem Stücke, wie wir durch die Weiber, im günstigsten Falle, zugrunde gehn.

Kapitel VIII

Aber nicht bloß in Amsterdam haben die Götter sich gütigst bemüht, mein Vorurteil gegen Blondinen zu zerstören. Auch im übrigen Holland hatte ich das Glück, meine früheren Irrtümer zu berichtigen. Ich will beileibe die Holländerinnen nicht auf Kosten der Damen anderer Länder hervorstreichen. Bewahre mich der Himmel vor solchem Unrecht, welches von meiner Seite zugleich der größte Undank wäre. Jedes Land hat seine besondere Küche und seine besondere Weiblichkeiten, und hier ist alles Geschmacksache. Der eine liebt gebratene Hühner, der andere gebratene Enten; was mich betrifft, ich liebe gebratene Hühner und gebratene Enten und noch außerdem gebratene Gänse. Von hohem idealischen Standpunkte betrachtet, haben die Weiber überall eine gewisse Ähnlichkeit mit der Küche des Landes. Sind die britischen Schönen nicht ebenso gesund, nahrhaft, solide, konsistent, kunstlos und doch so vortrefflich wie Altenglands einfach gute Kost: Roastbeef, Hammelbraten, Pudding in flammendem Kognak, Gemüse in Wasser gekocht, nebst zwei Saucen, wovon die eine aus gelassener Butter besteht? Da lächelt kein Frikassee, da täuscht kein flatterndes Vol-au-vent, da seufzt kein geistreiches Ragout, da tändeln nicht jene tausendartig gestopften, gesottenen, aufgehüpften, gerösteten, durchzückerten, pikanten, deklamatorischen und sentimentalen Gerichte, die wir bei einem französischen Restaurant finden und die mit den schönen Französinnen selbst die größte Ähnlichkeit bieten! Merken wir doch nicht selten, daß bei diesen ebenfalls der eigentliche Stoff nur als Nebensache betrachtet wird, daß der Braten selber manchmal weniger wert ist als die Sauce, daß hier Geschmack, Grazie und Eleganz die Hauptsache sind. Italiens gelbfette, leidenschaftgewürzte, humoristisch garnierte, aber doch schmachtend idealische Küche trägt ganz den Charakter der italienischen Schönen. Oh, wie sehne ich mich manchmal nach den lombardischen Stuffados, nach den Tagliarinis und Broccolis des holdseligen Toskana! Alles schwimmt in Öl, träge und zärtlich, und trillert Rossinis süße Melodien und weint vor Zwiebelduft und Sehnsucht! Den Makkaroni mußt du aber mit den Fingern essen, und dann heißt er: Beatrice!

Nur gar zu oft denke ich an Italien und am öftersten des Nachts. Vorgestern träumte mir, ich befände mich in Italien und sei ein bunter Harlekin und läge recht faulenzerisch unter einer Trauerweide. Die herabhängenden Zweige dieser Trauerweide waren aber lauter Makkaroni, die mir lang und lieblich bis ins Maul hineinfielen; zwischen diesem Laubwerk von Makkaroni flossen statt Sonnenstrahlen lauter gelbe Butterströme, und endlich fiel von oben herab ein weißer Regen von geriebenem Parmesankäse.

Ach! von geträumtem Makkaroni wird man nicht satt – Beatrice!

Von der deutschen Küche kein Wort. Sie hat alle möglichen Tugenden und nur einen einzigen Fehler; ich sage aber nicht welchen. Da gibt's gefühlvolles, jedoch unentschlossenes Backwerk, verliebte Eierspeisen, tüchtige Dampfnudeln, Gemütssuppe mit Gerste, Pfannkuchen mit Äpfel und Speck, tugendhafte Hausklöße, Sauerkohl – wohl dem, der es verdauen kann.

Was die holländische Küche betrifft, so unterscheidet sie sich von letzterer erstens durch die Reinlichkeit, zweitens durch die eigentliche Leckerkeit. Besonders ist die Zubereitung der Fische unbeschreibbar liebenswürdig. Rührend inniger und doch zugleich tiefsinnlicher Selleriduft. Selbstbewußte Naivität und Knoblauch. Tadelhaft jedoch ist es, daß sie Unterhosen von Flanell tragen; nicht die Fische, sondern die schönen Töchter des meerumspülten Hollands.

Aber zu Leiden, als ich ankam, fand ich das Essen fürchterlich schlecht. Die Republik Hamburg hatte mich verwöhnt; ich muß die dortige Küche nachträglich noch einmal loben, und bei dieser Gelegenheit preise ich noch einmal Hamburgs schöne Mädchen und Frauen. Oh, ihr Götter! in den ersten vier Wochen, wie sehnte ich mich zurück nach den Rauchfleischlichkeiten und nach den Mockturteltauben Hammonias! Ich schmachtete an Herz und Magen. Hätte sich nicht endlich die Frau Wirtin zur Roten Kuh in mich verliebt, ich wäre vor Sehnsucht gestorben.

Heil dir, Wirtin zur Roten Kuh!

Es war eine untersetzte Frau mit einem sehr großen runden Bauche und einem sehr kleinen runden Kopfe. Rote Wängelein, blaue Äugelein;

Rosen und Veilchen. Stundenlang saßen wir beisammen im Garten und tranken Tee aus echt chinesischen Porzellantassen. Es war ein schöner Garten, viereckige und dreieckige Beete, symmetrisch bestreut mit Goldsand, Zinnober und kleinen blanken Muscheln. Die Stämme der Bäume hübsch rot und blau angestrichen. Kupferne Käfige voll Kanarienvögel. Die kostbarsten Zwiebelgewächse in buntbemalten, glasierten Töpfen. Der Taxus allerliebst künstlich geschnitten, mancherlei Obelisken, Pyramiden, Vasen, auch Tiergestalten bildend. Da stand ein aus Taxus geschnittener grüner Ochs, welcher mich fast eifersüchtig ansah, wenn ich sie umarmte, die holde Wirtin zur Roten Kuh.

Heil dir, Wirtin zur Roten Kuh!

Wenn Myfrau den Oberteil des Kopfes mit den friesischen Goldplatten umschildet, den Bauch mit ihrem buntgeblümten Damastrock eingepanzert und die Arme mit der weißen Fülle ihrer Brabanter Spitzen gar kostbar belastet hatte, dann sah sie aus wie eine fabelhafte chinesische Puppe, wie etwa die Göttin des Porzellans. Wenn ich alsdann in Begeisterung geriet und sie auf beide Backen laut küßte, so blieb sie ganz porzellanig steif stehen und seufzte ganz porzellanig: »Mynheer!« Alle Tulpen des Gartens schienen dann mitgerührt und mitbewegt zu sein und schienen mitzuseufzen: »Mynheer!«

Dieses delikate Verhältnis schaffte mir manchen delikaten Bissen. Denn jede solche Liebesszene influenzierte auf den Inhalt der Eßkörbe, welche mir die vortreffliche Wirtin alle Tage ins Haus schickte. Meine Tischgenossen, sechs andere Studenten, die auf meiner Stube mit mir aßen, konnten an der Zubereitung des Kalbsbratens oder des Ochsenfilets jedesmal schmecken, wie sehr sie mich liebte, die Frau Wirtin zur Roten Kuh. Wenn das Essen einmal schlecht war, mußte ich viele demütigende Spötteleien ertragen, und es hieß dann: »Seht, wie der Schnabelewopski miserabel aussieht, wie gelb und runzlicht sein Gesicht, wie katzenjämmerlich seine Augen, als wollte er sie sich aus dem Kopfe herauskotzen, es ist kein Wunder, daß unsere Wirtin seiner überdrüssig wird und uns jetzt schlechtes Essen schickt.« Oder man sagte auch: »Um Gottes willen, der Schnabelewopski wird täglich schwächer und matter und verliert am Ende ganz die Gunst unserer

Wirtin, und wir kriegen dann immer schlechtes Essen wie heut – wir müssen ihn tüchtig füttern, damit er wieder ein feuriges Äußere gewinnt.« Und dann stopften sie mir just die allerschlechtesten Stücke ins Maul und nötigten mich, übergebührlich viel Sellerie zu essen. Gab es aber magere Küche mehrere Tage hintereinander, dann wurde ich mit den ernsthaftesten Bitten bestürmt, für besseres Essen zu sorgen, das Herz unserer Wirtin aufs neue zu entflammen, meine Zärtlichkeit für sie zu erhöhen, kurz, mich fürs allgemeine Wohl aufzuopfern. In langen Reden wurde mir dann vorgestellt, wie edel, wie herrlich es sei, wenn jemand für das Heil seiner Mitbürger sich heroisch resigniert, gleich dem Regulus, welcher sich in eine alte vernagelte Tonne stecken ließ, oder auch gleich dem Theseus, welcher sich in die Höhle des Minotaurs freiwillig begeben hat – und dann wurde der Livius zitiert und der Plutarch usw. Auch sollte ich bildlich zur Nacheiferung gereizt werden, indem man jene Großtaten auf die Wand zeichnete, und zwar mit grotesken Anspielungen; denn der Minotaur sah aus wie die rote Kuh auf dem wohlbekannten Wirtshausschilde, und die karthaginiensische vernagelte Tonne sah aus wie meine Wirtin selbst. Überhaupt hatten jene undankbaren Menschen die äußere Gestalt der vortrefflichen Frau zur beständigen Zielscheibe ihres Witzes gewählt. Sie pflegten gewöhnlich ihre Figur aus Äpfeln zusammenzusetzen oder aus Brotkrumen zu kneten. Sie nahmen dann ein kleines Äpfelchen, welches der Kopf sein sollte, setzten dieses auf einen ganz großen Apfel, welcher den Bauch vorstellte, und dieser stand wieder auf zwei Zahnstochern, welche sich für Beine ausgaben. Sie formten auch wohl aus Brotkrumen das Bild unserer Wirtin und kneteten dann ein ganz winziges Püppchen, welches mich selber vorstellen sollte, und dieses setzten sie dann auf die große Figur und rissen dabei die schlechtesten Vergleiche. Z.B. der eine bemerkte, die kleine Figur sei Hannibal, welcher über die Alpen steigt. Ein anderer meinte hingegen, es sei Marius, welcher auf den Ruinen von Karthago sitzt. Dem sei nun, wie ihm wolle, wäre ich nicht manchmal über die Alpen gestiegen oder hätte ich mich nicht manchmal auch die Ruinen von Karthago gesetzt, so würden meine Tischgenossen beständig schlechtes Essen bekommen haben.

Kapitel IX

Wenn der Braten ganz schlecht war, disputierten wir über die Existenz Gottes. Der liebe Gott hatte aber immer die Majorität. Nur drei von der Tischgenossenschaft waren atheistisch gesinnt; aber auch diese ließen sich überreden, wenn wir wenigstens guten Käse zum Dessert bekamen. Der eifrigste Deist war der kleine Simson, und wenn er mit dem langen Vanpitter über die Existenz Gottes disputierte, wurde er zuweilen höchst ärgerlich, lief im Zimmer auf und ab und schrie beständig: »Das ist bei Gott nicht erlaubt!« Der lange Vanpitter, ein magerer Friese, dessen Seele so ruhig wie das Wasser in einem holländischen Kanal und dessen Worte sich ruhig hinzogen wie eine Trekschuite, holte seine Argumente aus der deutschen Philosophie, womit man sich damals in Leiden stark beschäftigte. Er spöttelte über die engen Köpfe, die dem lieben Gott eine Privatexistenz zuschreiben, er beschuldigte sie sogar der Blasphemie, indem sie Gott mit Weisheit, Gerechtigkeit, Liebe und ähnlichen menschlichen Eigenschaften versähen, die sich gar nicht für ihn schickten; denn diese Eigenschaften seien gewissermaßen die Negation von menschlichen Gebrechen, da wir sie nur als Gegensatz zu menschlicher Dummheit, Ungerechtigkeit und Haß aufgefaßt haben. Wenn aber Vanpitter seine eigenen pantheistischen Ansichten entwickelte, so trat der dicke Fichteaner, ein gewisser Driksen aus Utrecht, gegen ihn auf und wußte seinen vagen, in der Natur verbreiteten, also immer im Raume existierenden Gott gehörig durchzuhecheln, ja er behauptete: es sei Blasphemie, wenn man auch nur von einer Existenz Gottes spricht, indem »Existieren« ein Begriff sei, der einen gewissen Raum, kurz, etwas Substantielles voraussetze. Ja, es sei Blasphemie, von Gott zu sagen: »Er ist«; das reinste Sein könne nicht ohne sinnliche Beschränkung gedacht werden; wenn man Gott denken wolle, müsse man von aller Substanz abstrahieren, man müsse ihn nicht denken als eine Form der Ausdehnung, sondern als eine Ordnung der Begebenheiten; Gott sei kein Sein, sondern ein reines Handeln, er sei nur Prinzip einer übersinnlichen Weltordnung.

Bei diesen Worten aber wurde der kleine Simson immer ganz wütend und lief noch toller im Zimmer herum und schrie noch lauter: »O Gott! Gott! das ist bei Gott nicht erlaubt, o Gott!« Ich glaube, er hätte den dicken Fichteaner geprügelt, zur Ehre Gottes, wenn er nicht gar zu dünne Ärmchen hatte. Manchmal stürmte er auch wirklich auf ihn los; dann aber nahm der Dicke die beiden Ärmchen des kleinen Simson, hielt ihn ruhig fest, setzte ihm sein System ganz ruhig auseinander, ohne die Pfeife aus dem Munde zu nehmen, und blies ihm dann seine dünnen Argumente mitsamt dem dicksten Tabaksdampf ins Gesicht, so daß der Kleine fast erstickte vor Rauch und Ärger und immer leiser und hülfeflehend wimmerte: »O Gott! O Gott!« Aber der half ihm nie, obgleich er dessen eigene Sache verfocht.

Trotz dieser göttlichen Indifferenz, trotz diesem fast menschlichen Undank Gottes, blieb der kleine Simson doch der beständige Champion des Deismus, und ich glaube, aus angeborner Neigung. Denn seine Väter gehörten zu dem auserwählten Volke Gottes, einem Volke, das Gott einst mit seiner besonderen Liebe protegiert und das daher bis auf diese Stunde eine gewisse Anhänglichkeit für den lieben Gott bewahrt hat. Die Juden sind immer die gehorsamsten Deisten, namentlich diejenigen, welche, wie der kleine Simson, in der freien Stadt Frankfurt geboren sind. Diese können bei politischen Fragen so republikanisch als möglich denken, ja sich sogar sansculottisch im Kote wälzen; kommen aber religiöse Begriffe ins Spiel, dann bleiben sie untertänige Kammerknechte ihres Jehova, des alten Fetischs, der doch von ihrer ganzen Sippschaft nichts mehr wissen will und sich zu einem gottreinen Geist umtaufen lassen.

Ich glaube, dieser gottreine Geist, dieser Parvenü des Himmels, der jetzt so moralisch, so kosmopolitisch und universell gebildet ist, hegt ein geheimes Mißwollen gegen die armen Juden, die ihn noch in seiner ersten rohen Gestalt gekannt haben und ihn täglich in ihren Synagogen an seine ehemaligen obskuren Nationalverhältnisse erinnern. Vielleicht will es der alte Herr gar nicht mehr wissen, daß er palästinischen Ursprungs und einst der Gott Abrahams, Isaaks und Jakobs gewesen und damals Jehova geheißen hat.

Kapitel X

Mit dem kleinen Simson hatte ich zu Leiden sehr vielen Umgang, und er wird in diesen Denkblättern noch oft erwähnt werden. Außer ihn sah ich am öftersten einen anderen meiner Tischgenossen, den jungen van Moeulen, ich konnte ganze Stunden lang sein schönes Gesicht betrachten und dabei an seine Schwester denken, die ich nie gesehen und wovon ich nur wußte, daß sie die schönste Frau im Waterland sei. Van Moeulen war ebenfalls ein schönes Menschenbild, ein Apollo, aber kein Apollo von Marmor, sondern viel eher von Käse. Er war der vollendetste Holländer, den ich je gesehn. Ein sonderbares Gemisch von Mut und Phlegma. Als er einst im Kaffeehause einen Irländer so sehr erzürnt, daß dieser eine Pistole aus der Tasche zog, auf ihn losdrückte und, statt ihn zu treffen, ihm nur die irdene Pfeife vom Munde wegschoß, da blieb van Moeulens Gesicht so bewegungslos wie Käse, und im gleichgültig ruhigsten Tone rief er: »Jan, e nüe Piep!« Fatal war mir an ihm sein Lächeln; denn alsdann zeigte er eine Reihe ganz kleiner weißer Zähnchen, die eher wie Fischgräte aussahen. Auch mißfiel mir, daß er große goldene Ohrringe trug. Er hatte die sonderbare Gewohnheit, alle Tage in seiner Wohnung die Aufstellung der Möbeln zu verändern, und wenn man zu ihm kam, fand man ihn entweder beschäftigt, die Kommode an die Stelle des Bettes oder den Schreibtisch an die Stelle des Sofas zu setzen.

Der kleine Simson bildete, in dieser Beziehung, den ängstlichsten Gegensatz. Er konnte nicht leiden, daß man in seinem Zimmer das mindeste verrückte; er wurde sichtbar unruhig, wenn man dort auch nur das mindeste, sei es auch nur eine Lichtschere, zur Hand nahm. Alles mußte liegenbleiben, wie es lag. Denn seine Möbel und sonstige Effekten dienten ihm als Hülfsmittel, nach den Vorschriften der Mnemonik allerlei historische Daten oder philosophische Sätze in seinem Gedächtnisse zu fixieren. Als einst die Hausmagd in seiner Abwesenheit einen alten Kasten aus seinem Zimmer fortgeschafft und seine Hemde und Strümpfe aus den Schubladen der Kommode genommen, um sie waschen zu lassen, da war er untröstlich, als er nach Hause kam, und er behauptete, er wisse jetzt gar nichts mehr von der assyrischen Geschichte, und alle seine Beweise für die Unsterblichkeit der Seele, die er so mühsam in den verschiedenen Schubladen ganz systematisch geordnet, seien jetzt in die Wäsche gegeben.

Zu den Originalen, die ich in Leiden kennengelernt, gehört auch Mynheer van der Pissen, ein Vetter van Moeulens, der mich bei ihm eingeführt. Er war Professor der Theologie an der Universität, und ich hörte bei ihm das Hohelied Salomonis und die Offenbarung Johannis. Er war ein schöner blühender Mann, etwa fünfunddreißig Jahr alt und auf dem Katheder sehr ernst und gesetzt. Als ich ihn aber einst besuchen wollte und in seinem Wohnzimmer niemanden fand, sah ich durch die halbgeöffnete Tür eines Seitenkabinetts ein gar merkwürdiges Schauspiel. Dieses Kabinett war halb chinesisch, halb pompadourisch französisch verziert; an den Wänden goldig schillernde Damasttapeten; auf dem Boden der kostbarste persische Teppich; überall wunderliche Porzellanpagoden, Spielsachen von Perlmutter, Blumen, Straußfedern und Edelsteine; die Sessel von rotem Sammet mit Goldtroddeln und darunter ein besonders erhöhter Sessel, der wie ein Thron aussah und worauf ein kleines Mädchen saß, das etwa drei Jahr alt sein mochte und in blauem silbergestickten Atlas, jedoch sehr altfränkisch, gekleidet war und in der einen Hand, gleich einem Zepter, einen bunten Pfauenwedel und in der andern einen welken Lorbeerkranz emporhielt. Vor ihr aber auf dem Boden wälzten sich Mynheer van der Pissen, sein kleiner Mohr, sein Pudel und sein Affe. Diese vier zausten sich und bissen sich untereinander, während das Kind und der grüne Papagoi, welcher auf der Stange saß, beständig Bravo! riefen. Endlich erhob sich Mynheer vom Boden, kniete vor dem Kinde nieder, rühmte in einer ernsthaften lateinischen Rede den Mut, womit er seine Feinde bekämpft und besiegt, ließ sich von der Kleinen den welken Lorbeerkranz auf das Haupt setzen; – und Bravo! Bravo! rief das Kind und der Papagoi und ich, welcher jetzt ins Zimmer trat.

Mynheer schien etwas bestürzt, daß ich ihn in seinen Wunderlichkeiten überrascht. Diese, wie man mir später sagte, trieb er alle Tage; alle Tage besiegte er den Mohr, den Pudel und den Affen; alle Tage ließ er sich belorbeeren von dem kleinen Mädchen, welches nicht sein eignes Kind, sondern ein Fündling aus dem Waisenhause von Amsterdam war.

Kapitel XI

Das Haus, worin ich zu Leiden logierte, bewohnte einst Jan Steen, der große Jan Steen, den ich für ebenso groß halte wie Raffael. Auch als religiöser Maler war Jan ebenso groß, und das wird man einst ganz klar einsehn, wenn die Religion des Schmerzes erloschen ist und die Religion der Freude den trüben Flor von den Rosenbüschen dieser Erde fortreißt und die Nachtigallen endlich ihre lang verheimlichten Entzückungen hervorjauchzen dürfen.

Aber keine Nachtigall wird je so heiter und jubelnd singen, wie Jan Steen gemalt hat. Keiner hat so tief wie er begriffen, daß auf dieser Erde ewig Kirmes sein sollte; er begriff, daß unser Leben nur ein farbiger Kuß Gottes sei, und er wußte, daß der Heilige Geist sich am herrlichsten offenbart im Licht und Lachen.

Sein Auge lachte ins Licht hinein, und das Licht spiegelte sich in seinem lachenden Auge.

Und Jan blieb immer ein gutes, liebes Kind. Als der alte strenge Prädikant von Leiden sich neben ihm an den Herd setzte und eine lange Vermahnung hielt über sein fröhliches Leben, seinen lachend unchristlichen Wandel, seine Trunkliebe, seine ungeregelte Wirtschaft und seine verstockte Lustigkeit, da hat Jan ihm zwei Stunden lang ganz ruhig zugehört, und er verriet nicht die mindeste Ungeduld über die lange Strafpredigt, und nur einmal unterbrach er sie mit den Worten: »Ja, Domine, die Beleuchtung wäre dann viel besser, ja ich bitte Euch, Domine, dreht Euren Stuhl ein klein wenig dem Kamine zu, damit die Flamme ihren roten Schein über Eu'r ganzes Gesicht wirft und der übrige Körper im Schatten bleibt – –«

Der Domine stand wütend auf und ging davon. Jan aber griff sogleich nach der Palette und malte den alten strengen Herren ganz, wie er ihm in jener Strafpredigtpositur, ohne es zu ahnen, Modell gesessen. Das Bild ist vortrefflich und hing in meinem Schlafzimmer zu Leiden.

Nachdem ich in Holland so viele Bilder von Jan Steen gesehen, ist mir, als kennte ich das ganze Leben des Mannes. Ja, ich kenne seine sämtliche Sippschaft, seine Frau, seine Kinder, seine Mutter, alle seine Vettern, seine Hausfeinde und sonstige Angehörigen, ja, ich kenne sie von Angesicht zu Angesicht. Grüßen uns doch diese Gesichter aus allen seinen Gemälden hervor, und eine Sammlung derselben wäre eine Biographie des Malers. Er hat oft mit einem einzigen Pinselstrich die tiefsten Geheimnisse seiner Seele darin eingezeichnet. So glaube ich, seine Frau hat ihm allzu oft Vorwürfe gemacht über sein vieles Trinken. Denn auf dem Gemälde, welches das Bohnenfest vorstellt und wo Jan mit seiner ganzen Familie zu Tische sitzt, da sehen wir seine Frau mit einem gar großen Weinkrug in der Hand, und ihre Augen leuchten wie die einer Bacchantin. Ich bin aber überzeugt, die gute Frau hat nie zuviel Wein genossen und der Schalk hat uns weismachen wollen, nicht er, sondern seine Frau liebe den Trunk. Deshalb lacht er desto vergnügter aus dem Bilde hervor. Er ist glücklich: er sitzt in der Mitte der Seinigen; sein Söhnchen ist Bohnenkönig und steht mit der Krone von Flittergold auf einem Stuhle; seine alte Mutter, in ihren Gesichtsfalten das seligste Schmunzeln, trägt das jüngste Enkelchen auf dem Arm; die Musikanten spielen ihre närrisch lustigsten Hopsamelodien; und die sparsam bedächtige, ökonomisch schmollende Hausfrau ist bei der ganzen Nachwelt in den Verdacht hineingemalt, als sei sie besoffen.

Wie oft, in meiner Wohnung zu Leiden, konnte ich mich ganze Stunden lang in die häuslichen Szenen zurückdenken, die der vortreffliche Jan dort erlebt und erlitten haben mußte. Manchmal glaubte ich, ich sähe ihn leibhaftig selber an seiner Staffelei sitzen, dann und wann nach dem großen Henkelkrug greifen, »überlegen und dabei trinken, und dann wieder trinken, ohne zu überlegen«. Das war kein trübkatholischer Spuk, sondern ein modern heller Geist der Freude, der nach dem Tode noch sein altes Atelier besucht, um lustige Bilder zu malen und zu trinken. Nur solche Gespenster werden unsere Nachkommen zuweilen schauen, am lichten Tage, während die Sonne durch die blanken Fenster schaut und vom Turme herab keine schwarzdumpfe Glocken, sondern rotjauchzende Trompetentöne die liebliche Mittagstunde ankündigen.

Die Erinnerung an Jan Steen war aber das Beste oder vielmehr das einzig Gute an meiner Wohnung zu Leiden. Ohne diesen gemütlichen Reiz hätte ich darin keine acht Tage ausgehalten. Das Äußere des Hauses war elend und kläglich und mürrisch, ganz unholländisch. Das dunkle, morsche Haus stand dicht am Wasser, und wenn man an der anderen Seite des Kanals vorbeiging, glaubte man eine alte Hexe zu sehen, die sich in einem glänzenden Zauberspiegel betrachtet. Auf dem Dache standen immer ein paar Störche, wie auf allen holländischen Dächern. Neben mir logierte die Kuh, deren Milch ich des Morgens trank, und unter meinem Fenster war ein Hühnersteig. Meine gefiederte Nachbarinnen lieferten gute Eier; aber da ich immer, ehe sie deren zur Welt brachten, ein langes Gackern, gleichsam die langweilige Vorrede zu den Eiern, anhören mußte, so wurde mir der Genuß derselben ziemlich verleidet. Zu den eigentlichen Unannehmlichkeiten meiner Wohnung gehörten aber zwei der fatalsten Mißstände: erstens das Violinspielen, womit man meine Ohren während des Tags belästigte, und dann die Störungen des Nachts, wenn meine Wirtin ihren armen Mann mit ihrer sonderbaren Eifersucht verfolgte.

Wer das Verhältnis meines Hauswirts zu meiner Frau Wirtin kennenlernen wollte, brauchte nur beide zu hören, wenn sie miteinander Musik machten. Der Mann spielte das Violoncello, und die Frau spielte das sogenannte Violon d'Amour; aber sie hielt nie Tempo und war dem Manne immer einen Takt voraus und wußte ihrem unglücklichen Instrumente die grellfeinsten Keiflaute abzuquälen; wenn das Cello brummte und die Violine greinte, glaubte man ein zankendes Ehepaar zu hören. Auch spielte die Frau noch immer weiter, wenn der Mann längst fertig war, daß es schien, als wollte sie das letzte Wort behalten. Es war ein großes, aber sehr mageres Weib, nichts als Haut und Knochen, ein Maul, worin einige falsche Zähne klapperten, eine kurze Stirn, fast gar kein Kinn und eine desto längere Nase, deren Spitze wie ein Schnabel sich herabzog und womit sie zuweilen, wenn sie Violine spielte, den Ton einer Saite zu dämpfen schien.

Mein Hauswirt war etwa fünfzig Jahr alt und ein Mann von sehr dünnen Beinen, abgezehrt bleichem Antlitz und ganz kleinen, grünen Äuglein, womit er beständig blinzelte, wie eine Schildwache, welcher die Sonne ins Gesicht scheint. Er war seines Gewerbes ein Bruchbandmacher und seiner Religion nach ein Wiedertäufer. Er las sehr fleißig in der Bibel. Diese Lektüre schlich sich in seine nächtliche Träume, und mit blinzelnden Äuglein erzählte er seiner Frau des Morgens beim Kaffee, wie er wieder hochbegnadigt worden, wie die heiligsten Personen ihn ihres Gespräches gewürdigt, wie er sogar mit der allerhöchst heiligen Majestät Jehovas verkehrt und wie alle Frauen des Alten Testamentes ihn mit der freundlichsten und zärtlichsten Aufmerksamkeit behandelt. Letzterer Umstand war meiner Hauswirtin gar nicht lieb, und nicht selten bezeugte sie die eifersüchtigste Mißlaune über ihres Mannes nächtlichen Umgang mit den Weibern des Alten Testamentes. Wäre es noch, sagte sie, die keusche Mutter Maria oder die alte Marthe oder auch meinethalb die Magdalene, die sich ja gebessert hat – aber ein nächtliches Verhältnis mit den Sauftöchtern des alten Lot, mit der sauberen Madam Judith, mit der verlaufenen Königin von Saba und dergleichen zweideutigen Weibsbildern darf nicht geduldet werden. Nichts glich aber ihrer Wut, als eines Morgens ihr Mann im Übergeschwätze seiner Seligkeit eine begeisterte Schilderung der schönen Esther entwarf, welche ihn gebeten, ihr bei ihrer Toilette behülflich zu sein, indem sie, durch die Macht ihrer Reize, den König Ahasverus für die gute Sache gewinnen wollte. Vergebens beteuerte der arme Mann, daß Herr Mardochai selber ihn bei seiner schönen Pflegetochter eingeführt, daß diese schon halb bekleidet war, daß er ihr nur die langen, schwarzen Haare ausgekämmt – vergebens! die erboste Frau schlug den armen Mann mit seinen eignen Bruchbändern, goß ihm den heißen Kaffee ins Gesicht, und sie hätte ihn gewiß umgebracht, wenn er nicht aufs heiligste versprach, allen Umgang mit den alttestamentarischen Weibern aufzugeben und künftig nur mit Erzvätern und männlichen Propheten zu verkehren.

Die Folge dieser Mißhandlung war, daß Mynheer von nun an sein nächtliches Glück gar ängstlich verschwieg; er wurde jetzt erst ganz ein heiliger Roué; wie er mir gestand, hatte er den Mut, sogar der nackten Susanna die unsittlichsten Anträge zu machen; ja, er war am Ende frech genug, sich in den Harem des König Salomon hineinzuträumen und mit dessen tausend Weibern Tee zu trinken.

Kapitel XII

Unglückselige Eifersucht! durch diese ward einer meiner schönsten Träume und mittelbar vielleicht das Leben des kleinen Simson unterbrochen!

Was ist Traum? Was ist Tod? Ist dieser nur eine Unterbrechung des Lebens? oder gänzliches Aufhören desselben? Ja, für Leute, die nur Vergangenheit und Zukunft kennen und nicht in jedem Momente der Gegenwart eine Ewigkeit leben können, ja, für solche muß der Tod schrecklich sein! Wenn ihnen die beiden Krücken, Raum und Zeit, entfallen, dann sinken sie ins ewige Nichts.

Und der Traum? Warum fürchten wir uns vor dem Schlafengehn nicht weit mehr als vor dem Begrabenwerden? Ist es nicht furchtbar, daß der Leib eine ganze Nacht leichentot sein kann, während der Geist in uns das bewegteste Leben führt, ein Leben mit allen Schrecknissen jener Scheidung, die wir eben zwischen Leib und Geist gestiftet? Wenn einst in der Zukunft beide wieder in unserem Bewußtsein vereinigt sind, dann gibt es vielleicht keine Träume mehr, oder nur kranke Menschen, Menschen, deren Harmonie gestört, werden träumen. Nur leise und wenig träumten die Alten; ein starker, gewaltiger Traum war bei ihnen wie ein Ereignis und wurde in die Geschichtsbücher eingetragen. Das rechte Träumen beginnt erst bei den Juden, dem Volke des Geistes, und erreichte seine höchste Blüte bei den Christen, dem Geistervolk. Unsere Nachkommen werden schaudern, wenn sie einst lesen, welch ein gespenstisches Dasein wir geführt, wie der Mensch in uns gespalten war und nur die eine Hälfte ein eigentliches Leben geführt. Unsere Zeit – und sie beginnt am Kreuze Christi – wird als eine große Krankheitsperiode der Menschheit betrachtet werden.

Und doch, welche süße Träume haben wir träumen können! Unsere gesunden Nachkommen werden es kaum begreifen. Um uns her verschwanden alle Herrlichkeiten der Welt, und wir fanden sie wieder in unserer inneren Seele – in unsere Seele flüchtete sich der Duft der zertretenen Rosen und der lieblichste Gesang der verscheuchten Nachtigallen –

Ich weiß das alles und sterbe an den unheimlichen Ängsten und grauenhaften Süßigkeiten unserer Zeit. Wenn ich des Abends mich auskleide und zu Bette lege und die Beine lang ausstrecke und mich bedecke mit dem weißen Laken, dann schaudre ich manchmal unwillkürlich, und mir kommt in den Sinn, ich sei eine Leiche, und ich begrübe mich selbst. Dann schließe ich aber hastig die Augen, um diesem schauerlichen Gedanken zu entrinnen, um mich zu retten in das Land der Träume.

Es war ein süßer, lieber, sonniger Traum. Der Himmel himmelblau und wolkenlos, das Meer meergrün und still. Unabsehbar weite Wasserfläche, und darauf schwamm ein buntgewimpeltes Schiff, und auf dem Verdeck saß ich kosend zu den Füßen Jadvigas. Schwärmerische Liebeslieder, die ich selber auf rosige Papierstreifen geschrieben, las ich ihr vor, heiter seufzend, und sie horchte mit ungläubig hingeneigtem Ohr und sehnsüchtigem Lächeln und riß mir zuweilen hastig die Blätter aus der Hand und warf sie ins Meer. Aber die schönen Nixen mit ihren schneeweißen Busen und Armen tauchten jedesmal aus dem Wasser empor und erhaschten die flatternden Lieder der Liebe. Als ich mich über Bord beugte, konnte ich ganz klar bis in die Tiefe des Meeres hinabschaun, und da saßen, wie in einem gesellschaftlichen Kreise, die schönen Nixen, und in ihrer Mitte stand ein junger Nix, der mit gefühlvoll belebtem Angesicht meine Liebeslieder deklamierte. Ein stürmischer Beifall erscholl bei jeder Strophe; die grünlockichten Schönen applaudierten so leidenschaftlich, daß Brust und Nacken erröteten, und sie lobten mit einer freudigen, aber doch zugleich mitleidigen Begeisterung: »Welche sonderbare Wesen sind diese Menschen! Wie sonderbar ist ihr Leben! Wie tragisch ihr ganzes Schicksal! Sie lieben sich und dürfen es meistens nicht sagen, und dürfen sie es einmal sagen, so können sie doch einander selten verstehn! Und dabei leben sie nicht ewig wie wir, sie sind sterblich, nur eine kurze Spanne Zeit ist ihnen vergönnt, das Glück zu suchen, sie müssen es schnell erhaschen, hastig ans Herz drücken, ehe es entflieht – deshalb sind ihre Liebeslieder auch so zart, so innig, so süß-ängstlich, so verzweiflungsvoll lustig, ein so seltsames Gemisch von Freude und Schmerz. Der Gedanke des Todes wirft seinen melancholischen Schatten über ihre glücklichsten Stunden und tröstet sie lieblich im Unglück. Sie können weinen. Welche Poesie in so einer Menschenträne!«

»Hörst du«, sagte ich zu Jadviga, »wie die da unten über uns urteilen? – Wir wollen uns umarmen, damit sie uns nicht mehr bemitleiden, damit sie sogar neidisch werden!« Sie aber, die Geliebte, sah mich an mit unendlicher Liebe und ohne ein Wort zu reden. Ich hatte sie stumm geküßt. Sie erblich, und ein kalter Schauer überflog die holde Gestalt. Sie lag endlich starr wie weißer Marmor in meinen Armen, und ich hätte sie für tot gehalten, wenn sich, nicht zwei große Tränenströme unaufhaltsam aus ihren Augen ergossen – und diese Tränen überfluteten mich, während ich das holde Bild immer gewaltiger mit meinen Armen umschlang –

Da hörte ich plötzlich die keifende Stimme meiner Hauswirtin und erwachte aus meinem Traum. Sie stand vor meinem Bette mit der Blendlaterne in der Hand und bat mich, schnell aufzustehn und sie zu begleiten. Nie hatte ich sie so häßlich gesehn. Sie war im Hemde, und ihre verwitterten Brüste vergoldete der Mondschein, der eben durchs Fenster fiel; sie sahen aus wie zwei getrocknete Zitronen. Ohne zu wissen, was sie begehrte, fast noch schlummertrunken, folgte ich ihr nach dem Schlafgemach ihres Gatten, und da lag der arme Mann, die Nachtmütze über die Augen gezogen, und schien heftig zu träumen. Manchmal zuckte sichtbar sein Leib unter der Bettdecke, seine Lippen lächelten vor überschwenglichster Wonne, spitzten sich manchmal krampfhaft, wie zu einem Kusse, und er röchelte und stammelte: »Vasthi! Königin Vasthi! Majestät! Fürchte keinen Ahasveros! Geliebte Vasthi!«

Mit zornglühenden Augen beugte sich nun das Weib über den schlafenden Gatten, legte ihr Ohr an sein Haupt, als ob sie seine Gedanken erlauschen könnte, und flüsterte mir zu: »Haben Sie sich nun überzeugt, Mynheer Schnabelewopski? Er hat jetzt eine Buhlschaft mit der Königin Vasthi! Der schändliche Ehebrecher! Ich habe dieses unzüchtige Verhältnis schon gestern nacht entdeckt. Sogar eine Heidin hat er mir vorgezogen! Aber ich bin Weib und Christin, und Sie sollen sehen, wie ich mich räche.«

Bei diesen Worten riß sie erst die Bettdecke von dem Leibe des armen Sünders – er lag im Schweiß –, alsdann ergriff sie ein hirschledernes Bruchband und schlug damit gottlästerlich los auf die dünnen Gliedmaßen des armen Sünders. Dieser, also unangenehm geweckt aus seinem biblischen Traum, schrie so laut, als ob die Hauptstadt Susa in Feuer und Holland in Wasser stünde, und brachte mit seinem Geschrei die Nachbarschaft in Aufruhr.

Den andern Tag hieß es in ganz Leiden, mein Hauswirt habe solch großes Geschrei erhoben, weil er mich des Nachts in der Gesellschaft seiner Gattin gesehen. Man hatte letztere halbnackt am Fenster erblickt; und unsere Hausmagd, die mir gram war und von der Wirtin zur Roten Kuh über dieses Ereignis befragt worden, erzählte, daß sie selber gesehen, wie Myfrau mir in meinem Schlafzimmer einen nächtlichen Besuch abgestattet.

Ich kann nicht ohne gewaltigen Kummer an dieses Ereignis denken. Welche fürchterliche Folgen!

Kapitel XIII

Wäre die Wirtin zur Roten Kuh eine Italienerin gewesen, so hätte sie vielleicht mein Essen vergiftet; da sie aber eine Holländerin war, so schickte sie mir sehr schlechtes Essen. Schon des anderen Mittags erduldeten wir die Folgen ihres weiblichen Unwillens. Das erste Gericht war: keine Suppe. Das war schrecklich, besonders für einen wohlerzogenen Menschen wie ich, der von Jugend auf alle Tage Suppe gegessen, der sich bis jetzt gar keine Welt denken konnte, wo nicht des Morgens die Sonne aufgeht und des Mittags die Suppe aufgetragen wird. Das zweite Gericht bestand aus Rindfleisch, welches kalt und hart war wie Myrons Kuh. Drittens kam ein Schellfisch, der aus dem Halse roch wie ein Mensch. Viertens kam ein großes Huhn, das, weit entfernt, unseren Hunger stillen zu wollen, so mager und abgezehrt aussah, als ob es selber Hunger hätte, so daß man fast vor Mitleid nichts davon essen konnte.

»Und nun, kleiner Simson«, rief der dicke Driksen, »glaubst du noch an Gott? Ist das Gerechtigkeit? Die Frau Bandagistin besucht den Schnabelewopski in der dunkeln Nacht, und wir müssen dafür schlecht essen am hellen lichten Tag?«

»O Gott! Gott!« seufzte der Kleine, gar verdrießlich wegen solcher atheistischer Ausbrüche und vielleicht auch wegen des schlechten Essens. Seine Verdrießlichkeit stieg, als auch der lange Vanpitter seine Witze gegen die Anthropomorphisten losließ und die Ägypter lobte, die einst Ochsen und Zwiebel verehrten; denn erstere, wenn sie gebraten, und letztere, wenn sie gestovt, schmeckten ganz göttlich.

Des kleinen Simsons Gemüt wurde aber durch solche Spöttereien immer bitterer gestimmt, und er schloß endlich folgendermaßen seine Apologie des Deismus: »Was die Sonne für die Blumen ist, das ist Gott für die Menschen. Wenn die Strahlen jenes himmlischen Gestirns die Blumen berühren, dann wachsen sie heiter empor und öffnen ihre Kelche und entfalten ihren buntesten Farbenschmuck. Des Nachts, wenn ihre Sonne entfernt ist, stehen sie traurig, mit geschlossenen

Kelchen, und schlafen oder träumen von den goldenen Strahlenküssen der Vergangenheit. Diejenigen Blumen, die immer im Schatten stehen, verlieren Farbe und Wuchs, verkrüppeln und erbleichen und welken mißmütig, glücklos. Die Blumen aber, die ganz im Dunkeln wachsen, in alten Burgkellern, unter Klosterruinen, die werden häßlich und giftig, sie ringeln am Boden wie Schlangen, schon ihr Duft ist unheilbringend, boshaft betäubend, tödlich –«

»Oh, du brauchst deine biblische Parabel nicht weiter auszuspinnen«, schrie der dicke Driksen, indem er sich ein großes Glas Schiedammer Genever in den Schlund goß; »du, kleiner Simson, bist eine fromme Blume, die im Sonnenschein Gottes die heiligen Strahlen der Tugend und Liebe so trunken einsaugt, daß deine Seele wie ein Regenbogen blüht, während die unsrige, abgewendet von der Gottheit, farblos und häßlich verwelkt, wo nicht gar pestilenzialische Düfte verbreitet –«

»Ich habe einmal zu Frankfurt«, sagte der kleine Simson, »eine Uhr gesehen, die an keinen Uhrmacher glaubte; sie war von Tombak und ging sehr schlecht –«

»Ich will dir wenigstens zeigen, daß so eine Uhr wenigstens gut schlagen kann«, versetzte Driksen, indem er plötzlich ganz ruhig wurde und den Kleinen nicht weiter molestierte.

Da letzterer trotz seiner schwachen Ärmchen ganz vortrefflich stieß, so ward beschlossen, daß sich die beiden noch denselben Tag auf Parisiens schlagen sollten. Sie stachen aufeinander los mit großer Erbitterung. Die schwarzen Augen des kleinen Simson glänzten feurig groß und kontrastierten um so wunderbarer mit seinen Ärmchen, die aus den aufgeschürzten Hemdärmeln gar kläglich dünn hervortraten. Er wurde immer heftiger; er schlug sich ja für die Existenz Gottes, des alten Jehova, des Königs der Könige. Dieser aber gewährte seinem Champion nicht die mindeste Unterstützung, und im sechsten Gang bekam der Kleine einen Stich in die Lunge.

»O Gott!« seufzte er und stürzte zu Boden.

Kapitel XIV

Diese Szene hatte mich furchtbar erschüttert. Gegen das Weib aber, das mittelbar solches Unglück verursacht, wandte sich der ganze Ungestüm meiner Empfindungen; das Herz voll Zorn und Kummer, stürmte ich nach dem Roten Ochsen.

»Ungeheu'r, warum hast du keine Suppe geschickt?« Dieses waren die Worte, womit ich die erbleichende Wirtin anredete, als ich sie in der Küche antraf. Das Porzellan auf dem Kamine zitterte bei dem Tone meiner Stimme. Ich war so entsetzlich, wie der Mensch es nur immer sein kann, wenn er keine Suppe gegessen und sein bester Freund einen Stich in die Lunge bekommen.

»Ungeheu'r, warum hast du keine Suppe geschickt?« Diese Worte wiederholte ich, während das schuldbewußte Weib starr und sprachlos vor mir stand. Endlich aber, wie aus geöffneten Schleusen, stürzten aus ihren Augen die Tränen. Sie überschwemmten ihr ganzes Antlitz und tröpfelten bis in den Kanal ihres Busens. Dieser Anblick konnte jedoch meinen Zorn nicht erweichen, und mit verstärkter Bitterkeit sprach ich: »O ihr Weiber, ich weiß, daß ihr weinen könnt; aber Tränen sind keine Suppe. Ihr seid erschaffen zu unserem Unheil. Eu'r Blick ist Lug, und eu'r Hauch ist Trug. Wer hat zuerst vom Apfel der Sünde gegessen? Gänse haben das Kapitol gerettet, aber durch ein Weib ging Troja zugrunde. O Troja! Troja! des Priamos' heilige Feste, du bist gefallen durch die Schuld eines Weibes! Wer hat den Marcus Antonius ins Verderben gestürzt? Wer verlangte den Kopf Johannis des Täufers? Wer war Ursache von Abälards Verstümmelung? Ein Weib! Die Geschichte ist voll Beispiele, wie wir durch euch zugrunde gehn. All eu'r Tun ist Torheit, und all eu'r Denken ist Undank. Wir geben euch das Höchste, die heiligste Flamme des Herzens, unsere Liebe – was gebt ihr uns als Ersatz? Fleisch, schlechtes Rindfleisch, noch, schlechteres Hühnerfleisch – Ungeheu'r, warum hast du keine Suppe geschickt!«

Vergebens begann Myfrau jetzt eine Reihe von Entschuldigungen herzustammeln und mich bei allen Seligkeiten unserer genossenen Liebe zu beschwören, ihr diesmal zu verzeihen. Sie wollte mir von nun an noch besseres Essen schicken als früher und noch immer nur sechs Gulden die Portion anrechnen, obgleich der Groote-Dohlen-Wirt für ein ordinäres Essen sich acht Gulden bezahlen läßt. Sie ging so weit, mir für den folgenden Tag Austerpastete zu versprechen; ja, in dem weichen Tone ihrer Stimme dufteten sogar Trüffel. Aber ich blieb standhaft, ich war entschlossen, auf immer zu brechen, und verließ die Küche mit den tragischen Worten: »Adieu, für dieses Leben haben wir ausgekocht!«

Im Fortgehn hörte ich etwas zu Boden fallen. War es irgendein Küchentopf oder Myfrau selber? Ich nahm mir nicht einmal die Mühe, nachzusehen, und ging direkt nach der Grooten Dohlen, um sechs Portion Essen für den nächsten Tag zu bestellen.

Nach diesem wichtigsten Geschäft eilte ich nach der Wohnung des kleinen Simson, den ich in einem sehr schlechten Zustande fand. Er lag in einem großen altfränkischen Bette, das keine Vorhänge hatte und an dessen Ecken vier große marmorierte Holzsäulen befindlich waren, die oben einen reichvergoldeten Betthimmel trugen. Das Antlitz des Kleinen war leidend blaß, und in dem Blick, den er mir zuwarf, lag so viel Wehmut, Güte und Elend, daß ich davon bis in die Tiefe meiner Seele gerührt wurde. Der Arzt hatte ihn eben verlassen und seine Wunde für bedenklich erklärt. Van Moeulen, der allein dort geblieben, um die Nacht bei ihm zu wachen, saß vor seinem Bette und las ihm vor aus der Bibel.

»Schnabelewopski«, seufzte der Kleine, »es ist gut, daß du kommst. Kannst zuhören, und es wird dir wohltun. Das ist ein liebes Buch. Meine Vorfahren haben es in der ganzen Welt mit sich herumgetragen und gar viel Kummer und Unglück und Schimpf und Haß dafür erduldet oder sich gar dafür totschlagen lassen. Jedes Blatt darin hat Tränen und Blut gekostet, es ist das aufgeschriebene Vaterland der Kinder Gottes, es ist das heilige Erbe Jehovas –«

»Rede nicht zuviel«, rief van Moeulen, »es bekömmt dir schlecht.«

»Und gar«, setzte ich hinzu, »rede nicht von Jehova, dem undankbarsten der Götter, für dessen Existenz du dich heute geschlagen –«

»O Gott!« seufzte der Kleine, und Tränen fielen aus seinen Augen – »O Gott, du hilfst unseren Feinden!«

»Rede nicht soviel«, wiederholte van Moeulen. »Und du, Schnabelewopski«, flüsterte er mir zu, »entschuldige, wenn ich dich langweile; der Kleine wollte durchaus, daß ich ihm die Geschichte seines Namensvetters, des Simson, vorlese – wir sind am vierzehnten Kapitel, hör zu:

Simson ging hinab gegen Thimnath und sahe ein Weib zu Thimnath unter den Töchtern der Philister –«

»Nein«, rief der Kleine mit geschlossenen Augen, »wir sind schon am sechzehnten Kapitel. Ist mir doch, als lebte ich das alles mit, was du da vorliest, als hörte ich die Schafe blöken, die am Jordan weiden, als hätte ich selber den Füchsen die Schwänze angezündet und sie in die Felder der Philister gejagt, als hätte ich mit einem Eselskinnbacken tausend Philister erschlagen – Oh, die Philister! sie hatten uns unterjocht und verspottet und ließen uns wie Schweine Zoll bezahlen und haben mich zum Tanzsaal hinausgeschmissen, auf dem Roß, und zu Bockenheim mit Füßen getreten – hinausgeschmissen, mit Füßen getreten, auf dem Roß, o Gott, das ist nicht erlaubt!«

»Er liegt im Wundfieber und phantasiert«, bemerkte leise van Moeulen und begann das sechzehnte Kapitel:

»Simson ging hin gen Gaza und sahe daselbst eine Hure und lag bei ihr.

Da ward den Gazitern gesagt: Simson ist hereinkommen. Und sie umgaben ihn und ließen auf ihn lauern die ganze Nacht in der Stadt Tor und waren die ganze Nacht stille und sprachen: Harre, morgen, wenn es Licht wird, wollen wir ihn erwürgen.

Simson aber lag bis zu Mitternacht. Da stund er auf zu Mitternacht und ergriff beide Türen an der Stadt Tor samt den beiden Pfosten und hub sie aus mit den Riegeln und legte sie auf seine Schultern und trug sie hinauf auf die Höhe des Berges von Hebron.

Darnach gewann er ein Weib lieb am Bach Sorek, die hieß Delila.

Zu der kamen der Philister Fürsten hinauf und sprachen zu ihr: Überrede ihn und besiehe, worin er so große Kraft hat und womit wir ihn übermögen, daß wir ihn binden und zwingen, so wollen wir dir geben ein jeglicher tausend und hundert Silberlinge.

Und Delila sprach zu Simson: Lieber, sage mir, worinnen deine große Kraft sei und womit man dich binden möge, damit man dich zwinge?

Simson sprach zu ihr: Wenn man mich bünde mit sieben Seilen von frischem Bast, die noch nicht verdorret waren; und sie band ihn damit.

(Man hielt aber auf ihn bei ihr in der Kammer.) Und sie sprach zu ihm: Die Philister über dir, Simson. Er aber zerriß die Seile, wie eine flächsene Schnur zerreißet, wenn sie ans Feuer reucht; und ward nicht kund, wo seine Kraft wäre.«

»O dumme Philister!« rief jetzt der Kleine und lächelte vergnügt, »wollten mich auch auf die Konstablerwacht setzen –«

Van Moeulen aber las weiter:

»Da sprach Delila zu Simson: Siehe, du hast mich getäuschet und mir gelogen; nun, so sage mir doch, womit kann man dich binden?

Er antwortete ihr: Wenn sie mich bünden mit neuen Stricken, damit nie keine Arbeit geschehen ist, so würde ich schwach und wie ein ander Mensch.

Da nahm Delila neue Stricke und band ihn damit und sprach: Philister über dir, Simson; (man hielt aber auf ihn in der Kammer); und er zerriß sie von seinen Armen wie einen Faden.«

»O dumme Philister!« rief der Kleine im Bette.

»Delila aber sprach zu ihm: Noch hast du mich getäuschet und mir gelogen. Lieber, sage mir doch, womit kann man dich binden? Er antwortete ihr: Wenn du sieben Locken meines Hauptes flöchtest mit einem Flechtbande und heftetest sie mit einem Nagel ein.

Und sie sprach zu ihm: Philister über dir, Simson. Er aber wachte auf von seinem Schlaf und zog die geflochtenen Locken mit Nagel und Flechtband heraus.«

Der Kleine lachte: »Das war auf der Eschenheimer Gasse.« Van Moeulen aber fuhr fort:

»Da sprach sie zu ihm: Wie kannst du sagen, du habest mich lieb, so dein Herz doch nicht mit mir ist? Dreimal hast du mich getäuschet und mir nicht gesaget, worinnen deine große Kraft sei.

Da sie ihn aber trieb mit ihren Worten alle Tage und zerplagte ihn, ward seine Seele matt bis an den Tod.

Und sagte ihr sein ganzes Herz und sprach zu ihr: Es ist nie kein Schermesser auf mein Haupt kommen, denn ich bin ein Verlobter Gottes von Mutterleib an. Wenn du mich beschörest, so wiche meine Kraft von mir, daß ich schwach würde und wie alle andre Menschen.

Da nun Delila sahe, daß er ihr alle sein Herz offenbaret hatte, sandte sie hin und ließ der Philister Fürsten rufen und sagen: Kommet noch einmal herauf, denn er hat mir alle sein Herz offenbaret. Da kamen der Philister Fürsten zu ihr herauf und brachten das Geld mit sich in ihrer Hand.

Und sie ließ ihn entschlafen auf ihrem Schoß und rief einem, der ihm die sieben Locken seines Hauptes abschöre. Und sie fing an, ihn zu zwingen. Da war seine Kraft von ihm gewichen.

Und sie sprach zu ihm: Philister über dir, Simson. Da er nun von seinem Schlaf erwachte, gedachte er: ich will ausgehen, wie ich mehrmals getan habe, ich will mich ausreißen, und wußte nicht, daß der Herr von ihm gewichen war.

Aber die Philister griffen ihn und stachen ihm die Augen aus und führten ihn hinab gen Gaza und bunden ihn mit zwo ehernen Ketten, und er mußte mahlen im Gefängnis.«

»O Gott! Gott!« wimmerte und weinte beständig der Kranke. »Sei still«, sagte van Moeulen und las weiter:

»Aber das Haar seines Hauptes fing wieder an zu wachsen, wo es beschoren war.

Da aber der Philister Fürsten sich versammleten, ihrem Gott Dagon ein groß Opfer zu tun und sich zu freuen, sprachen sie: Unser Gott hat uns unsern Feind Simson in unsere Hände gegeben.

Desselbigengleichen, als ihn das Volk sahe, lobeten sie ihren Gott; denn sie sprachen: Unser Gott hat uns unseren Feind in unsere Hände gegeben, der unser Land verderbete und unserer viele erschlug.

Da nun ihr Herz guter Dinge war, sprachen sie: Lasset Simson holen, daß er vor uns spiele. Da holeten sie Simson aus dem Gefängnis, und er spielete vor ihnen, und sie stelleten ihn zwischen zwo Säulen.

Simson aber sprach zu dem Knaben, der ihn bei der Hand leitete: Laß mich, daß ich die Säulen taste, auf welchen das Haus stehet, daß ich mich daran lehne.

Das Haus aber war voll Männer und Weiber. Es waren auch der Philister Fürsten alle da und auf dem Dach bei dreitausend, Mann und Weib, die da zusahen, wie Simson spielete.

Simson aber rief den Herren an und sprach: Herr, Herr, gedenke mein, und stärke mich doch, Gott, diesmal, daß ich für meine beide Augen mich einst räche an den Philistern.

Und er fassete die zwo Mittelsäulen, auf welchen das Haus gesetzet war und darauf sich hielt, eine in seine rechte und die andere in seine linke Hand.

Und sprach: Meine Seele sterbe mit den Philistern; und neigte sich kräftiglich. Da fiel das Haus auf die Fürsten und auf alles Volk, das drinnen war, daß der Toten mehr waren, die in seinem Tode sturben, denn die bei seinem Leben sturben.«

Bei dieser Stelle öffnete der kleine Simson seine Augen geisterhaft weit, hob sich krampfhaft in die Höhe, ergriff mit seinen dünnen Ärmchen die beiden Säulen, die zu Füßen seines Bettes, rüttelte daran, während er zornig stammelte: »Es sterbe meine Seele mit den Philistern.« Aber die starken Bettsäulen blieben unbeweglich, ermattet und wehmütig lächelnd fiel der Kleine zurück auf seine Kissen, und aus seiner Wunde, deren Verband sich verschoben, quoll ein roter Blutstrom.

Biographie

1797 *13. Dezember:* Heinrich Heine wird in Düsseldorf als ältester Sohn des jüdischen Textilkaufmanns Samson Heine und seiner Ehefrau Elisabeth, geb. van Geldern, geboren.
1807 Heine besucht die Vorbereitungsklasse des Lyzeums.
1810 *April:* Eintritt in das Düsseldorfer Lyzeum.
1814 Heine verlässt das Gymnasium ohne Reifezeugnis und wechselt auf die Handelsschule.
1815 Bei dem Bankier Rindskopf in Frankfurt am Main beginnt Heine eine kaufmännische Lehre.
1816 Heine setzt die Lehre im Bankhaus seines Onkels Salomon Heine in Hamburg fort. Unglückliche Liebe zur Cousine Amalie.
1817 Unter Pseudonym veröffentlicht Heine erste Gedichte in »Hamburgs Wächter«.
1818 Mit Unterstützung des Onkels Salomon gründet Heine das Manufakturwarengeschäft »Harry Heine und Comp.« in Hamburg, in dem er vor allem englische Tuche verkauft.
1819 Heine meldet den Konkurs seines Geschäftes an.
März: Er immatrikuliert sich an der Universität Bonn zum Jurastudium, das von Salomon Heine finanziert wird. Neben juristischen hört er auch philosophische, philologische und historische Vorlesungen, u. a. bei August Wilhelm Schlegel und Ernst Moritz Arndt.
1820 Beginn der Arbeit an der Tragödie »Almansor«.
August: Im »Rheinisch-Westfälischen Anzeiger« erscheint Heines Aufsatz »Die Romantik«.
Oktober: Heine wechselt an die Universität Göttingen. Er beteiligt sich an geheimen burschenschaftlichen Versammlungen. Aus antisemitischen Gründen wird Heine aus der Burschenschaft ausgeschlossen.
1821 *Januar:* Wegen eines Duells erhält Heine für ein halbes Jahr Studienverbot an der Universität Göttingen.
April: Er immatrikuliert sich an der Universität in Berlin, wo er u. a. Vorlesungen bei Georg Wilhelm Friedrich Hegel hört.

Bekanntschaft mit Adelbert von Chamisso und Friedrich de la Motte Fouqué.

Begegnung mit Rahel und Karl August Varnhagen von Ense.

Einige Texte Heines, darunter Fragmente aus »Almansor«, erscheinen in der von Friedrich Wilhelm Gubitz herausgegebenen Zeitschrift »Der Gesellschafter«.

»Gedichte« (vordatiert auf 1822).

1822 Heine wird Mitglied im »Verein für Kultur und Wissenschaft der Juden«.

Reise nach Polen.

Begegnung mit Christian Dietrich Grabbe.

Oktober: Heine besucht Hegel.

1823 Der Bericht »Über Polen« wird im »Gesellschafter« publiziert.

Die Sammlung »Tragödien nebst einem lyrischen Intermezzo« erscheint, sie enthält die Dramen »William Ratcliff« und »Almansor«.

Beginn der Freundschaft mit Karl Leberecht Immermann.

Reise nach Lüneburg, Hamburg, Cuxhaven und Ritzebüttel.

August: »Almansor« wird in Braunschweig uraufgeführt.

1824 *Januar:* Heine immatrikuliert sich erneut an der Universität Göttingen.

Reise nach Berlin.

Er unternimmt eine Fußwanderung durch den Harz, aus der die Reisebeschreibung »Die Harzreise« hervorgeht (erscheint 1826 in »Der Gesellschafter«).

Oktober: Besuch bei Goethe in Weimar.

1825 *Juni:* Heine tritt zum evangelischen Glauben über und wird in Heiligenstadt auf den Namen Christian Johann Heinrich getauft.

Juli: Promotion zum Dr. jur. in Göttingen.

Sommerurlaub in Norderney. Heine siedelt nach Hamburg über und lebt fortan als freier Schriftsteller.

1826 Begegnung mit dem Hamburger Verleger Julius Campe, der künftig Heines Hauptverleger wird.

Der 1. Teil der »Reisebilder« erscheint (»Heimkehr«, »Die Harzreise«, »Die Nordsee, I.«).

1827 Reise nach England.

April: Der 2. Teil der »Reisebilder« erscheint (»Die Nordsee, II. und III.«, »Xenien« von Immermann, »Ideen. Das Buch Le Grand« und »Briefe aus Berlin«).

Das »Buch der Lieder« (Gedichte) wird Heines publikumswirksamstes Werk und erlebt allein zu seinen Lebzeiten 13 Auflagen.

Reise über Frankfurt am Main, wo er Ludwig Börne trifft, Heidelberg und Stuttgart nach München.

Heine wird Mitherausgeber der »Neuen allgemeinen politischen Annalen«.

Die Absicht, eine Professur für Literaturgeschichte anzutreten, wird vom katholischen Klerus durchkreuzt.

1828 *August – November:* Aufenthalt in Italien: Mailand, Genua, Lucca, Florenz und Venedig.
Dezember: Tod des Vaters in Hamburg.

1829 *Februar:* Heine zieht nach Berlin.
April: Übersiedlung nach Potsdam.

1830 »Reisebilder III«.
Sommerurlaub auf Helgoland.
Heine erhält Nachricht von der Pariser Julirevolution.
Er schreibt die »Briefe aus Helgoland«, in denen er die Vorgänge der Julirevolution reflektiert.

1831 Aufgrund mangelnder Berufsperspektiven in Deutschland entschließt sich Heine zur Übersiedlung nach Paris.
Mai: Ankunft in Paris, wo er als Korrespondent für deutsche Zeitungen und Zeitschriften arbeitet.

1832 Heine nimmt an Versammlungen der Saint-Simonisten teil.
Der Abdruck seiner Artikelserie »Französische Zustände« in der Augsburger »Allgemeinen Zeitung« wird von Metternich nach einigen Folgen unterbunden.
Dezember: Die Buchausgabe »Französische Zustände« erscheint und wird in Preußen verboten.

1833 Heines Aufsatz »État actuel de la littérature en Allemagne. De l'Allemagne depuis Madame de Staël« erscheint in der Pariser Zeitschrift »L'Europe littéraire«.
Der erste von vier unter dem Titel »Salon« veröffentlichten Sammelbänden erscheint; er enthält den Aufsatz »Französische

Maler«, den Gedichtzyklus »Verschiedene« und das Erzählfragment »Aus den Memoiren des Herren von Schnabelewopski«.

1834 Begegnung mit Crescence Eugénie Mirat (Mathilde), Heines späterer Lebensgefährtin.
Heine arbeitet an der Schrift »Zur Geschichte der Religion und Philosophie in Deutschland«, die unter dem Titel »De l'Allemagne depuis Luther« in der Zeitschrift »Revue des deux mondes« erscheint.

1835 Der zweite Band des »Salon«, der vor allem die deutsche Version des Aufsatzes zur Geschichte der Religion »Über Deutschland seit Luther« enthält, erscheint.
»Die romantische Schule« (überarbeitete Fassung von »État actuel de la littérature en Allemagne«, vordatiert auf 1836).
Dezember: In Preußen werden sämtliche Schriften Heines verboten.
10. Dezember: Die Deutsche Bundesversammlung verbietet sämtliche gedruckten wie ungedruckten Schriften des so genannten Jungen Deutschland, an erster Stelle die von Heine sowie die in Heines Hausverlag Hoffmann und Campe in Hamburg erschienenen.

1836 Die Französische Regierung gewährt Heine als politischem Emigranten eine Pension.
Heine erkrankt an Gelbsucht.

1837 Ernsthafte Augenerkrankung.
Der dritte Band des »Salon« erscheint, er enthält u. a. die Prosatexte »Florentinische Nächte« und »Elementargeister«.

1838 »Schwabenspiegel«.
»Shakespeares Mädchen und Frauen«.

1840 »Heinrich Heine über Ludwig Börne«.
Der vierte Band des »Salon« mit den »Briefen über die französische Bühne« und dem Erzählfragment »Rabbi von Bacherach« sowie Gedichten und Romanzen erscheint.

1841 Begegnung mit Richard Wagner.
August: Hochzeit mit Mathilde in Saint-Sulpice.
Nach einer Auseinandersetzung über seine Denkschrift über Börne duelliert sich Heine mit dem Frankfurter Kaufmann Salomon Strauß und wird an der Hüfte verletzt.

Beginn der Arbeit an dem satirischen Versepos »Atta Troll. Ein Sommernachtstraum«.
1842 Aufenthalt in Boulogne-sur-Mer.
1843 In der »Zeitung für die elegante Welt« erscheinen »Atta Troll. Ein Sommernachtstraum« (Buchausgabe 1847) und das Gedicht »Nachtgedanken«.
Aufenthalt in Trouville.
Begegnungen mit Arnold Ruge und Friedrich Hebbel.
Oktober–November: Heine reist nach Hamburg.
Nach der Rückkehr lernt er in Paris Karl Marx kennen.
1844 »Deutschland. Ein Wintermärchen«.
»Neue Gedichte«.
Bekanntschaft mit Ferdinand Lassalle.
Mitarbeit an den von Marx und Ruge herausgegebenen »Deutsch-Französischen Jahrbüchern«.
Juli: Zweiter Hamburg-Aufenthalt mit Mathilde.
Dezember: Nach dem Tod des Onkels Salomon Heine beginnen Erbschaftsstreitigkeiten innerhalb der Familie. Die Familienpension wird Heine nur unter der Bedingung weiterbezahlt, dass er in seinen Werken keine Familienangehörigen erwähnt.
1845 Zunehmende Verschlechterung des Gesundheitszustands Heines.
Er entgeht der für alle Mitarbeiter des »Vorwärts!« verfügten Ausweisung aus Frankreich.
Sommer: Aufenthalt in Montmorency.
1846 *September:* Besuch von Friedrich Engels in Paris.
1847 »Atta Troll. Ein Sommernachtstraum«.
1848 *Februar:* Heine arbeitet für die Augsburger »Allgemeine Zeitung« als Berichterstatter über die Pariser Februarrevolution.
Mai: Heine bricht im Louvre zusammen. Es wird eine Erkrankung an Rückenmarkschwindsucht diagnostiziert.
Krankenlager Heines in der »Matratzengruft« in der Avenue Matignon (bis zum Tod 1856).
1849 Arbeit an den Gedichten der »Romanzero«-Sammlung.
1850 Heine schreibt an seinen »Memoiren«.
1851 »Romanzero« (Gedichte).
»Der Doktor Faust« (Tanzpoem).

1853	Arbeit an der »Lutetia«, einer Sammlung aus den Berichten für die Augsburger »Allgemeine Zeitung«, und an der Schrift »Die Götter im Exil« (beide 1854 in den »Vermischten Schriften«).
1854	»Vermischte Schriften« (3 Bände).
1855	Besuche seiner Freundin Elise Krinitz (»Mouche«). *November:* Die Geschwister Charlotte und Gustav kommen nach Paris.
1856	*17. Februar:* Heine stirbt in Paris und wird drei Tage später auf dem Friedhof Montmartre beerdigt.

Erzählungen der Frühromantik

1799 schreibt Novalis seinen Heinrich von Ofterdingen und schafft mit der blauen Blume, nach der der Jüngling sich sehnt, das Symbol einer der wirkungsmächtigsten Epochen unseres Kulturkreises. Ricarda Huch wird dazu viel später bemerken: »Die blaue Blume ist aber das, was jeder sucht, ohne es selbst zu wissen, nenne man es nun Gott, Ewigkeit oder Liebe.«

Tieck Peter Lebrecht **Günderrode** Geschichte eines Braminen **Novalis** Heinrich von Ofterdingen **Schlegel** Lucinde **Jean Paul** Des Luftschiffers Giannozzo Seebuch **Novalis** Die Lehrlinge zu Sais
ISBN 978-3-8430-1878-4, 416 Seiten, 29,80 €

Erzählungen der Hochromantik

Zwischen 1804 und 1815 ist Heidelberg das intellektuelle Zentrum einer Bewegung, die sich von dort aus in der Welt verbreitet. Individuelles Erleben von Idylle und Harmonie, die Innerlichkeit der Seele sind die zentralen Themen der Hochromantik als Gegenbewegung zur von der Antike inspirierten Klassik und der vernunftgetriebenen Aufklärung.

Chamisso Adelberts Fabel **Jean Paul** Des Feldpredigers Schmelzle Reise nach Flätz **Brentano** Aus der Chronika eines fahrenden Schülers **Motte Fouqué** Undine **Arnim** Isabella von Ägypten **Chamisso** Peter Schlemihls wundersame Geschichte **Hoffmann** Der Sandmann **Hoffmann** Der goldne Topf
ISBN 978-3-8430-1879-1, 408 Seiten, 29,80 €

Erzählungen der Spätromantik

Im nach dem Wiener Kongress neugeordneten Europa entsteht seit 1815 große Literatur der Sehnsucht und der Melancholie. Die Schattenseiten der menschlichen Seele, Leidenschaft und die Hinwendung zum Religiösen sind die Themen der Spätromantik.

Brentano Die drei Nüsse **Brentano** Geschichte vom braven Kasperl und dem schönen Annerl **Hoffmann** Das steinerne Herz **Eichendorff** Das Marmorbild **Arnim** Die Majoratsherren **Hoffmann** Das Fräulein von Scuderi **Tieck** Die Gemälde **Hauff** Phantasien im Bremer Ratskeller **Hauff** Jud Süss **Eichendorff** Viel Lärmen um Nichts **Eichendorff** Die Glücksritter
ISBN 978-3-8430-1880-7, 440 Seiten, 29,80 €